幸せのそばに

スーザン・フォックス
大島ともこ 訳

ハーレクイン
SP文庫

THE WIFE HE CHOSE

by Susan Fox

Published by Harlequin Japan,
a Division of K.K. HarperCollins Japan, 2024

スーザン・フォックス

揺れる乙女心を繊細な筆致で描き、長きにわたって読者の支持を集めつづけている人気作家。大の映画ファンで、とりわけロマンチックな映画は、執筆の構想を練るヒントにもなっていると語る。アイオワ州デモイン在住。

◆主要登場人物

コリーン・ジェームズ……元簿記係。療養中。
シャロン・チャルマーズ……コリーンの妹。故人。
クレイグ・チャルマーズ……シャロンの夫。故人。
ボウ・チャルマーズ……シャロンとクレイグの息子。
エイミー・チャルマーズ……シャロンとクレイグの娘。
ケイド・チャルマーズ……クレイグの兄。牧場主。
アンジェラ・ダナー……ケイドの隣人。
エスメラルダ……チャルマーズ家の家政婦。

1

妹の死を招いた恐ろしい衝突事故から回復するには何カ月もかかった。回復したといっても、妹の死からも自分のけががからも、完全には立ち直れそうにない。

テキサスの高速道路を走りながら、今もコリーン・ジェームズは絶え間のない体の痛みと疲れを味わっていた。骨折し、傷ついた体は、複数の手術や長期の理学療法を受けたあとも、完治したというにはほど遠い状態だ。

事故で負ったけがは、疲れすぎるとよく襲ってくる頭痛の原因でもあった。まだ右半身の力が弱く、疲れたり動揺したりすると、足もとさえおぼつかなくなる。事故にあう前は当たり前に思っていた、女らしい優雅でしなやかな身のこなしは、今や過去の思い出にすぎない。コリーンは自分のぎくしゃくした動きが恥ずかしかった。使うのはいやだったが、ほっそりした黒い杖《つえ》は手放せず、まだ何週間も何カ月も必要かもしれなかった。

だが、心に受けた傷が何より厄介だった。まといつき、日々をつらく灰色にしている鬱《うつ》状態から、彼女はどうしても抜け出せないように思えた。車の運転や、車に同乗することへの恐怖は弱まってきている。決意を固め、レンタカーで何日も練習してやっと恐怖を克服し、サンアントニオからチャルマーズ牧場まで二時間の運転ができるようになったのだ。

ケイド・チャルマーズに、どうしても話をする必要があった。彼女は、最近弟のクレイグを亡くしたケイドに何通も手紙を出しただけでなく、花とお悔やみ状も送っていた。今週になって三度電話したうちの一度は、今朝サンアントニオをあとにする直前にかけたものだ。彼からは手紙の返事もなければ、折り返しの電話もなかった。

亡くなった妹の、三歳の息子と一歳にもならない娘は、今や父親までも失っている。クレイグ・チャルマーズは一カ月前事故で溺死《できし》し、子供たちの最終的な養育権が誰の手に渡るかは、まもなく判事が判決を下すことになる。彼らの伯父のケイドが目下の養育権を手にしているという事実から、コリーンはどうしても彼に話をする必要があった。

彼は訪問権に関してわたしのことなど考えてもいないに違いない。それどころか、わたしが子供たちに連絡を取り続けることを許そうとすら思っていないだろう。だから、この困難な旅を決めたのだ。ケイド・チャルマーズにわたしという人間の存在を思い出させ、彼が子供たちとわたしのつながりを残す気がなさそうなのが心配だと示すために。

ケイドの今は亡き弟のクレイグも、彼女に無関心だった。クレイグは自分たちが離婚するかどうか決めるまで、シャロンと子供たちを家に住まわせて試験別居を可能にしたコリーンを責めていた。シャロンの死後、手紙にも電話にも返事をしなかったことから、それは明らかだった。

しかも、シャロンが事故で亡くなったとき、車を運転していたのはコリーンだった。ありがたいことに、子供たちはベビーシッターとアパートメントにいて無事だった。セミトレーラーをさけたり逃れたりするすべはなく、車がひっきりなしに走るサンアントニオの交差点で、彼女たちの車は下敷き同然になった。沈む夕日がトレーラーの運転手の目をくらませ、彼がこちらの車に気づいたときは手遅れだったのだ。

彼女は事故のことも、シャロンとの最後の日のことも覚えていなかったが、あとになって、新聞記事や交通情報、運転手の証言を読んだ。今抱いている車への恐怖感は、それらによる恐ろしい悪夢の結果生じたものだった。

新たに冷や汗がにじみ、全身に寒気が走り、ハンドルを握ったてのひらが不意にぬるぬるしてきた。目の前にのびる二車線の高速道路は狭すぎて安全に運転できないように思え、セミトレーラーが対向車線をこちらに疾走してくるのを見るたび、恐怖を感じる。吐き気は我慢できないほどだった。

そこで牧場へのわき道が目に入ってこなかったら、高速道路を離れるために別の場所を見つけなくてはならなかっただろう。牧場まで二時間で着くはずが、ときどき車をとめては気持ちを静めていたため、四時間以上にのびている。姪《めい》と甥《おい》の顔を再び見たいという思いだけで運転を続けているというときが、その日何度もあった。

牧場の私道に入ると、コリーンは車をとめ、元気を取り戻そうとした。ようやく運転を続けられる程度に気を静めると、彼女は私道を進み始めた。砂利道で車の速度が落ちたことと、ほかに走っている車がないおかげで気が楽になる。最後に長くゆるやかなのぼり道を越えると、牧場の母屋が視界に入ってきた。

チャルマーズ牧場の母屋は、広大な放牧場という無骨な風景の中でさえ、堂々として見えた。U字形をしていて、日干しれんがの巨大な平屋建てだ。正面は道路からそれていて、赤いタイルの屋根と日干しれんがのアーチのついた奥行きのある立派な前ベランダがある。

家の前の散歩道の端にレンタカーをとめたときには、コリーンは緊張から震えていた。幸い、家は無人のようだったので、顔に浮かんだ汗をぬぐい、勇気をかき集める時間ができた。

彼女は、落ち着いて自信たっぷりにケイド・チャルマーズと顔を合わせられるか疑問だった。妹は彼に威圧されていた。彼はやさしくて、子供たちにとてもよくしてくれるとも言っていたが。彼はシャロンにはやさしさも賞賛もあまり示さなかったから、シャロンはケイドと一緒にいると落ち着かなかったらしい。

コリーンが覚えているのは、近づきがたいほど無愛想でぶっきらぼうな、いかつくて大柄な男性だ。何度か会ったとき、彼はよそよそしく礼儀正しかったが、その態度は人を見る目のきびしさをほのめかしていた。彼はコリーンをつまらない、取るに足らない人間、弟の妻の姉でなかったら、気にもとめない人間だと思っているのをあからさまにした。

　コリーンは決して妹のような美人ではなく、黒髪も五センチそこそこしかない今は、事故にあう前よりさらに魅力に欠けると感じていた。ひどくやせてしまったため、不器量な、めめしい少年のように見える。男性に魅力的だと思われたことはめったになく、彼らは今や彼女の杖を見つめ、ぎこちない動きを好奇心と、それとない哀れみのまざった目で見る以外、文字どおり無視する。

　そうしたすべては、幼いボウと赤ん坊のエイミーだけが、自分に残された家族なのだというコリーンの思いを強めた。そして、みじめな将来を考えると、二人に会うのを許され、彼らの伯母という喜びと、うれしい責任を持つのを許されることがどうしても欠かせなかった。ボウとエイミーにとって、ジェームズ家の近い親戚《しんせき》といったら、わたししかいない。ケイド・チャルマーズも、その重要性がわかるはず。

　ケイド・チャルマーズは東棟にあるオフィスからキッチンへ向かう途中、車が家の前にとまる音を聞きつけた。誰が来たのか見ようと玄関ホールへ歩いていったが、車を降りて玄関へ近づいてくる、やせた華奢《きゃしゃ》な女性が誰かわからなかった。黒い杖に即座に目がとまり、記憶がよみがえる。

　コリーン・ジェームズの歩きぶりはぎこちなく、あらゆる動きが、彼女が慎重になると同時に周囲の目を気にしているという印象をあたえていた。杖にすがるような歩き方。それほど支えが必要なら、なぜ松葉杖を使わないのだろう?

コリーンは、ケイドが会いたくもなければ、かかわりを持ちたくもない人間だった。彼女は夫婦の醜い不和にかかわりすぎた。その不和の結果、彼女の妹が死に、最後に彼の弟が死んで、三歳の子供と乳児が孤児になった。彼女が巻き込まれるのを拒否していたら、ことはすばやく解決していたかもしれない。思いどおりにならないときにいつも救ってくれるコリーンがそばにいなかったら、気まぐれで無責任なシャロンはもっと容易に家族への責任に目覚めたかもしれないのだ。

シャロンは、ケイドが大人になってからずっとさけてきた、金目当てのタイプの女性だった。弟は彼女にほれ込み、恋わずらいにかかった愚か者のように、引きずりまわされるがままになっていた。シャロンは弟の人生を地獄にして、それに報いたのだ。

事故のあと、ケイドは嘆き悲しむ弟と、途方に暮れた幼児といたいけな乳児を、一手に引き受けることになった。コリーンは何週間も昏睡《こんすい》状態だったから、シャロンの葬式の手配も彼の肩にかかった。

クレイグはあとになって、コリーンが彼とも子供たちともかかわりを持ちたがっていないと知ったらしい。そこで、ケイドはさっさと彼女を心から追い払った。子供たちや牧場や、酒におぼれる弟を扱うだけで手いっぱいだったのだ。だが、今ではクレイグもシャロンも死んでしまい、彼らは自分たちが子供に残していった苦痛や困難など知るよしもない。

コリーン・ジェームズがこの牧場に突然姿を見せることにしたわけは、ケイドにとってささいな謎《なぞ》、すぐにも答えがわかり、たいして重要な意味を持つはずのない謎にすぎなかった。もしかしたら、彼女は金を必要としているのかもしれない。だとしたら、あいにくだ。ジェームズ家の女性は、チャルマーズ家の男性から取れるだけの金は取ってしまった。

ケイドがドアを開けたとき、コリーンがベランダの日陰に足を踏み入れてきた。思いがけず彼が現れたことにコリーンは驚き、たじろいだ。だが、間近に相手を見たとき、驚いたのは彼も同様だった。

コリーンの肌は青白く透き通るようで、口のまわりには緊張から細いしわができている。疲労のせいかまぶたがややたれており、すんだブルーの瞳にはほとんど生気がない。以前はほっそりしていたが、今ではやせ細り、そよ風ですら彼女を倒せそうだ。あまりきびしい態度をとらないでおこう。

ケイドはコリーンの背後の車に目を走らせたとたん、その考えを改めた。彼女はサンアントニオから車を運転してくるほど健康なのだ。だから、見かけより体調はいいのかもしれない。

彼女の妹のシャロンは、頭痛から神経の疲れにいたるまで、あらゆるちょっとした病気をあげては、子供の毎日の世話をさけた。それがケイドにはわがままに思えた。解決策としてナニーやベビーシッターを雇う金はチャルマーズ家にあったし、事実雇ったが、シャロンは彼女たちをくびにしたり、子供にあたえるのと同量のいたわりと関心を自分にもそそぐよう要求してばかりだったから、代わりの人間を見つけるのがひっきりなしの面倒になった。

だが、コリーンの変わりぶりを見つめるうちに、ケイドはシャロンと彼女をきびしく比較したことに後ろめたさを感じた。コリーンが重傷だったのは知っていたし、完全に回復したというにはほど遠い状態なのは明らかだ。それに、目の前のひ弱さを偽るのは不可能だろう。今や好奇心をそそられ、ケイドはもっとしっかり相手を観察した。

彼女の黒髪は短すぎる。短いせいでつんつん立ち上がりがちなところを、ヘアクリームのようなもので撫《な》でつけてある。こまどりの卵に近い色の瞳は大きく、黒いまつげに縁取られている。鼻は形がよくすっとしていて、唇はややふっくらしている程度だが、やさしく傷つきやすそうだ。キスの経験などほとんどないに違いないと思わせるほど。いくらか体重が増えたら、細い体はもっと女性らしくなるだろう。そう考えて心に浮かんだイメージは強烈で、ケイドは今のコリーンの華奢でボーイッシュな見かけにもかかわらず、彼女に強く引かれるのを感じた。

「ミズ・ジェームズ」ケイドの声は無愛想で、挨拶《あいさつ》は堅苦しくぶっきらぼうだった。

「ミスター・チャルマーズ」コリーンの声は落ち着いていて、挨拶は同じく堅苦しかったが、ケイドは彼女の瞳に表れたかすかな不安を見て取った。「お邪魔してもかまいません?」

ケイドはわきへ寄ってコリーンを通し、彼女のゆっくりした歩調に合わせて玄関ホールを歩いていった。コリーンを居間へ案内し、彼女がソファの端を選んで座ると、彼は家政婦の名前を呼んだ。エスメラルダはすぐにやってきた。

「はい、なんでしょう?」

「飲み物を用意してくれるかな?」

「コーヒーですか?」

ケイドはちらりとコリーンを見た。

「お水で結構よ、ありがとう」

「ぼくにはコーヒーだ、エスメラルダ」彼はきびきびと言って家政婦をキッチンへ追い返し、ソファの真向かいの大きな肘かけ椅子に座って、コリーンが杖をわきに置くのを冷静な目で見守った。

「会ってくださってありがとう。クレイグのことはお気の毒だったわ」

ケイドは怒りを覚えた。この瞬間まで、彼女はクレイグの死に知らんふりだった。今悔やみを言うのは、何か得たいものがあるからとしか思えない。女性が彼から何かを得ようとしているとき、ケイドには必ずわかった。

コリーンは言葉を続け、ケイドはいらだちがつのるのを感じた。「弔花やお悔やみのカードがお葬式にまに合わなかったのはわかっているけれど、新聞で記事を読むまで知らなかったの」

彼が何も連絡しなかったことをかすかに非難する響きをケイドは聞きつけたが、弔花や悔やみ状についてのうそを見逃してやらなければならないほど、コリーンは哀れっぽくなかった。「花もカードもなかったよ、ミズ・ジェームズ。なんの用があって来たんだ?」

彼はずばりと言った。

彼女はケイドの非難を感じたが、花もカードも届いていなかったということにショックを受けた。

「何か間違いがあったに違いないわ。これまでどんなことがあったにせよ、クレイグは義理の弟よ。お葬式には行けなかったけれど、確かに花とカードは送ったわ。たとえ遅れたとしても、そんな重要なことを知らんふりしたままでなんていないわ」

彼女の説明は、ケイドのいかつい表情をこわばらせただけだった。彼がこれほど威圧的に見えたことはない。広い肩幅と引きしまった腰をした大柄な体は、筋肉質で岩のようにたくましく、対抗できるのはボディービルダーぐらいのものではないかと思われた。

だが、コリーンの関心をとらえたのは、これまでもずっとそうだったように、ケイドの顔だった。いかつい、ばかげたことは許さないといった顔。目もとの彫りは深く、瞳は熱成されたバーボンのような色をしている。頬骨は高くて目立ち、先祖にネイティブアメリカンの血がまじっているのではと思わせる。筋が通った高い鼻も、やはり同じ血脈を思わせるが、唇は曲線を描いている。かんしゃくを起こして真一文字にきつく結ばれることもあれば、まれに微笑を浮かべることもある。微笑すると彼は顔が明るくなり、何歳も若返ったように、驚くほどハンサムに見える。

ケイドはそれほどハンサムではないからだ。だが、力強い印象をあたえ、いかつい顔には映画スターのようなカリスマ性がある。彼を見つめないようにするのは、いつもひと苦労だったが、見つめているのを気づかれたことはない。コリーンは彼にとって、文字どおり目に入らない存在——美しく社交的な妹の陰にすっかり隠れた、ぱっとしない平凡な女性だったからだ。

「何しに来た？」ぶっきらぼうな問いは、花とカードの話題を打ち切った。ケイドは彼女の説明を聞き、うそをついていると判断したのだ。動揺し、コリーンはその判断を訂正しようと気力をふるい起こした。

「花屋は注文の記録をとってあると思うわ。地元の花屋で、たしかジョージーズ花店という店よ。それから、支払いにはビザカードを使ったわ」

ケイドの黒い眉が疑いを示すようにひそめられた。彼はすでに判断を下していて、耳にした事実で混乱させられたがっていないのは明らかだった。コリーンは落胆が深まるのを感じた。これはさいさきが悪いわ。

「それで手紙や電話に返事をよこさなかったの？　わたしがあなたの気持ちを傷つけたから？」

わたしがあなたの気持ちを傷つけたから？

コリーンはぞっとした。こんな言い方をするつもりはなかったのに！　まるで、わたしなんかが――それ以外の誰かにしても――ケイドの感情を傷つけるほど、彼にとって重要な存在になりうるようなことを言ってしまうなんて。

気を悪くさせるとか、侮辱するなら可能だが、傷つけるのは不可能だ。ケイドのような男性は男らしすぎて、感情を傷つけられるというような女性的な観念は受け入れないだろう。今の場合、ケイドはわたしが意図的にそういう表現を使ったと取って、腹を立てたに違いない。別の言い方をするべきだったが、不明確な口をきくことがあるという点は、彼女の事故後の問題のひとつだった。

コリーンが驚いたことに、一文字に結ばれたケイドの唇がゆるみ、代わりに笑みらしきものが浮かんだ。「どんな手紙だい？」そう尋ねた声は少しもきびしくなく、気持ちを傷つけたのではと言われたのをおかしがっているかのようだった。

勇気が出て、自分の言葉を訂正するのも忘れ、コリーンは答えた。「お花のほかに、子供たちの様子を尋ねた手紙を三通と、カードを一通送ったわ。それから、今週こちらに電話して、留守番電話に三回伝言を残したわ。そのうちの一回は、今朝のことよ」ケイドが手紙を見もしなければ、伝言を聞きもしなかった可能性があるか確信を持てず、コリーンは言葉を続けるのをためらった。彼はほんとうにどちらも受け取らなかったのだろうか。うそをついているのだとしたら、さっきわたしの誠実さを疑った彼の性格には、重大な疑念を抱かざるをえない。不意に彼女は、ケイドがボウやエイミーを育てることが心配になった。「ミスター・チャルマーズ、わたしはあなたに連絡を取ろうとしました。手紙の宛先《あてさき》も電話番号も間違えなかったわ。あなたはそれを知っているはずよ」彼女が落ち着いた声でそう結論づけるのを聞き、ケイドの顔に浮かんでいたかすかにおもしろがるような表情は消え、再びきびしいものに取って代わられた。コリーンは今では震えていて、小さな汗のつぶが肌に吹き出すのを感じた。それでも、勇気を出して低い声で言った。「理由がわからないわ……あなたが受け取っていないふりをする」

ケイドの投げかけてくる鋭い視線に耐えきれず、コリーンは不安げに目をそらし、頬が痛いほど赤くなるのを感じた。なぜ彼はわたしにこんなうそをつくの？　明らかに、真実を告げるほどわたしを尊敬もしなければ、尊重もしなかったのだわ。誠実さの欠如を示す行為は、彼女の、保護者としてのケイドへの不安をつのらせた。

子供たちの人生の一部になるのをケイドが許してくれるだろうという、コリーンの現実的な望みは消えた。彼の言葉に疑問を抱くよりずっと前に消えていたのかもしれない。こうなっては、弁護士を見つけ、裁判所が認めてくれるものを待つしかない。そして、おそらくは何も認めてもらえないのだ。

どちらもそれ以上何も言えずにいるうちに、エスメラルダがトレイを手に入ってきた。二人のあいだのがっしりした木のコーヒーテーブルにトレイを置き、氷を浮かべた水の入った厚手のクリスタルグラスをコリーンに渡す。コリーンはかすかな笑みを浮かべてグラスを受け取り、礼を言った。

コリーンの手は震え、重みと外側についた水滴のため、グラスを持っているのが困難になった。エスメラルダが部屋を出ていき、コリーンは緊張して水をひと口飲むと、ケイドに説明を求めるのにそなえ、グラスをトレイに戻そうと身を乗り出した。彼を警戒し、少なからず恐れていたが、幼いボウとエイミーのことを、どうするのが二人にとっていちばんいいのかを考えなくてはならなかった。それ以上大切なことは何もなかった。

ところが、ぞっとしたことに、握力の弱まった手からグラスがすべり、床に落ちて鋭い音をたてた。水が四方八方に飛び散り、突然の不始末をコリーンは恥じた。きちんとたたまれた麻のナプキンを取ろうと、座ったまままぎこちなく体を前にずらす。ナプキンを引っ張ってカップの縁までつがれたコーヒーをこぼしてしまってから、彼女はナプキンがソーサーに押さえられていたのに気がついた。

不面目さと、こぼした水をふかなくてはという必死の思いから、コリーンはソファの端でバランスをくずし、こぼれた水と氷のただなかに、痛々しく左膝をつくはめになった。グラスは割れていなかったが、膝がかすったため、コーヒーテーブルの下へころがった。

ケイドはたちまちそばに来てコリーンを持ち上げ、邪魔にならないようソファの上に下ろした。カーペットにこぼれた水をナプキンで落ち着いてぬぐう一方、もう一方の手でグラスを拾い上げ、散らばった氷をすばやく中に入れてトレイに置く。少なくとも、トレイのカーブした縁のおかげで、コーヒーはトレイからこぼれずにすんだ。

「ごめんなさい」そう言うのが、コリーンにはやっとだった。たとえすでにケイドに反感を持たせ、子供たちとの接触を許してもらう機会をだめにしていなかったとしても、彼に隠しておきたかったぶざまな弱点は今やあらわになってしまった。明らかに肉体的に困難をかかえていることで、わたしは付き添いなしに幼児と乳児を訪問するには望ましくないと見なされるに違いない。それに、ケイドはわたしが関係することで余計な手間がかかるのには我慢がならないだろう。そもそも、子供たちの人生の一部になれる可能性がわたしにあったらの話だが。

エスメラルダは物音を聞きつけたらしく、急いで部屋に戻ってきた。

「ごめんなさい、お水をこぼしてしまったの」

エスメラルダは愛想のいい笑みを浮かべ、コリーンの謝罪を一蹴《いっしゅう》した。「カーペットにお水がこぼれてもどうってことありません」ケイドがどくと、エスメラルダはトレイを取り上げようと前に進みかけた。

ケイドは彼女がトレイを手にする前に声をかけた。「ミズ・ジェームズがよこしたかもしれない手紙を覚えているかい？」

おかしな質問だとエスメラルダは思ったようだったが、うなずいた。「何通か、名前の書かれた手紙を見ました。それから、送ってくださったすばらしい花も。手紙はいつものように、デスクの上に置きましたし、花はこのテーブルの上に飾りました。覚えていらっしゃらないんですか？」

「ありがとう、エスメラルダ。このトレイを片づけたら、もう一度飲み物をいれ直してきてくれるとありがたい」

エスメラルダは急いで居間を出ていき、部屋は完全に静かになった。ケイドは相変わらずコリーンを見つめたまま立っていて、彼女は見つめ返すしかなかった。

わたしの送った手紙と花があったことをエスメラルダが確認し、わたしがうそをついていなかったことは証明された。彼は口裏を合わせるためにエスメラルダと二人きりになろうとすることもなく、率直に手紙について尋ねた。明らかに何も隠すことがなかったからだ。なのに、彼は手紙を一通も目にしておらず、花の贈り主も知らなかったという。どうしてそんなことが可能なのだろう？

「失礼した、ミズ・ジェームズ。ぼくには説明のしようがない。きみは手紙を送り、ぼくは読まなかった。だが、目にしていたら読んでいただろう」

　コリーンは即座にケイドを信じ、緊張がやわらぐのを感じた。希望がわずかによみがえる。二人のひどい出会いは結局のところ、それほどひどくなかったのかもしれない。

「ボウとエイミーがどうしているか知りたかったの。二人の様子を尋ねる電話に、クレイグは一度も出てくれなかったし、一連の出来事でわたしを責めていたせいか、手紙に返事をくれたこともないわ。あなたも同じように感じているか、彼の望みどおりにしているかだと思ったの」

　そこでケイドは腰を下ろしたが、黒い瞳は彼女にそそがれたままだった。「きみは子供にも彼にもかかわりを持ちたがらないと、クレイグは言った」

　クレイグの途方もないうそは新たなショックで、コリーンは顔が青ざめるのを感じた。それが同じくケイドも動揺させたのがわかった。いかつい顔がすっかり深刻になっている。すでに亡くなっていて、自分を弁護できない彼の弟の正直さに疑問を抱かせるようなことを口にするのは、ケイド自身の正直さを疑うよりもひどい。そういうつもりではなかったのに。コリーンは自分の失言を訂正するすべがなかった。

　沈黙が続いた。ケイドの視線は心を乱すほどやさしくなっていたが、コリーンは彼と目を合わせていられず、落ち着かなげに視線をそらした。

「手紙の問題の真相はあとで突きとめる」彼はしわがれた声で言った。「それはそれとして、きみは子供たちの様子を尋ねたね」

ケイドが子供のことを口にしたので、コリーンは期待に満ちた視線を彼に戻した。二人に会いたいという思いがつのるのをどうすることもできなかった。彼らを最後に目にしてから、六カ月という長い月日がたっているのだ。

「二人とも元気だ。今日はナニーの休みの日なので、隣人が友人の家へ遊びに連れていっている」

「会える？」息をはずませた問いは、希望でいっぱいだったが、ケイドがその望みを拒否する理由を見つけるのではないかと恐ろしかった。

「もちろん会える」命令を怒鳴るのにふさわしい、大きくぶっきらぼうな声は、今やハスキーで驚くほどやさしくなっていた。

安堵《あんど》が胸の思いをいっそう強めた。コリーンは震える両手を見下ろし、目をちくちくさせ、今にもあふれ出しそうな涙を抑えようとした。涙を抑えると、両手をきつく握り合わせて手の震えをとめ、勇気をかき集めてケイドのほうを見た。

「ありがとう、ほんとうにありがとう。わたしには大変な意味を持つの」ケイドにほほ笑みかけたが、泣くまいとする努力から唇は震えた。彼の前で泣きださないように必死になり、コリーンはチャルマーズ牧場を訪れた、さらにむずかしい理由の説明に移った。「あなたはまもなくボウとエイミーの養育権か後見人としての権利を裁判所へ申請するでしょう。すでに申請していなければの話だけれど。わたしも二人の人生に一定の立場をしめたいと思っているのを知ってほしかったの」

ケイドの表情からは何も読み取れず、彼の反応は不意にコリーンから隠されてしまった。低い声は静かだったが、かすかな警告がふくまれている。

「養育権をぼくと争うつもりかい？」

コリーンはソファに座ったままそろそろと体を動かし、熱意を見せて彼のほうへ身を乗り出した。「あの子たちの人生に一定の場所をあたえてもらえるという保証がほしいの。見てのとおり、この体で幼児と乳児の面倒を二十四時間みられると、裁判所が見なすか自信はないわ。いずれそれだけの体力を回復するとは思うけれど、どれくらい先になるかまだわからないの」コリーンはいったん口をつぐみ、ケイドの表情が少しやわらいだのを見て取った。「子供たちが無事で、よく面倒をみてもらって、ここで幸せにしているなら、それを乱したくないわ。でも、二人を訪問する権利がほしいの。まだこの件について弁護士に連絡を取ってはいないけれど、わたしに法的な権利をあたえるものをあなたがくれた場合、独自に裁判所に嘆願したり、そのほか何か特別な手続きを取ったりする必要があるかよくわからないの」

ケイドの黒い瞳に警戒の色が浮かんだ。彼女は自分に悪意のないことを急いで彼に請け合った。

「裁判所がわたしと家を査定するのを、喜んで認めるし、その費用も支払えるわ」

ケイドは考え込むような、鋭い表情になった。「本気でそう考えているのかい？」

そう言われ、コリーンはぐっと感情がこみ上げた。「わたしは二人をとても愛しているわ、ミスター・チャルマーズ。会えなくてどれほど寂しかったか言葉に表せないほど。あの子たちの人生と教育にかかわりたいと思っていることを知ってほしくてここへ来たのよ」

「どのくらいかかわりたいんだ？」子供たちの人生に彼女の存在は邪魔になると考えたかのように、ケイドの警戒の色は強まった。

「わたしはあの子たちの伯母よ。甥や姪との絆《きずな》が生む喜びがほしいし、責任を果たしたいの。あなたと同じ時間を要求できないのはわかっているけれど、定期的にかかわって、二人の世話や教育にせめてときどき意見を言う自由が持てたらと願っているわ」

「ずいぶんな要求だな。ほかに何を狙《ねら》っている？」

その問いは敵意あるものに思え、コリーンは困惑した。ケイドは態度をやわらげたように見えたのに、今やまったくその気配もない。わたしの要求が多すぎると思ったのだろうか。問題を起こすつもりも、問題の種になるつもりもない。「わたしを査定する人間を選んでいただいてかまわないわ。あなたが裁判所へ出廷する前に、わたしがたびたびここを訪れるのを許してくれたら、わたしが子供たちにいい影響をあたえるか悪い影響をあたえるか、あなた自身の目で見られるわ。わたしは身内といい関係を持ちたいだけなの」

「金についてはどうなんだ？」

コリーンはあからさまな問いに衝撃を受けたが、その意味がまったくわからなかった。わたしは何か理解しそこなったの？　だが、そこでケイドの意味したことに気づき、ハンドバッグに手を伸ばした。「査定費用の手つけ金として、今あなたに小切手を切ってもいいわ」彼女は急いで小切手帳を取り出し、支払い記録にとめてあったボールペンを手にした。数字を書き込もうと構え、ちらりとケイドを見る。「いくらぐらいかしら？　五百ドル？　千ドル？」

ケイドのきびしい顔を驚きの表情が横切り、そのことにコリーンはいっそう困惑した。彼はなぜあんなに驚いた顔をしたのだろう。査定の費用は支払えるとすでに告げてある。わたしが子供たちと接触するにふさわしい人間か、専門の人間に査定してほしくなかったのだろうか。彼との会話で何か重要なことを聞きもらしたという恐ろしい感じは、恥ずかしいと同時にショックでもあった。わたしは何を理解しそこねたのだろう？　これまでこの障害に気づいたことがなく、そう思うとコリーンは不安になった。

正面玄関外にとめた彼女のレンタカーの後ろに車のとまる音が、二人の気をそらした。ケイドは即座に立ち上がり、玄関のほうへ大股に歩いていった。コリーンは彼との混乱するような会話をめぐる心配を忘れた。隣人が子供たちを送ってきたのに違いない。彼女は興奮にぞくぞくした。

元気を回復し、コリーンはハンドバッグと小切手帳をソファに置いたまま慎重に立ち上がり、ちゃんと撫でつけられているか確かめるため、神経質そうに髪に手をすべらせた。杖を手にし、子供たちの声が聞こえたらすぐに玄関ホールのほうへ歩いていけるよう準備を整える。

長時間の運転と、ケイドとのむずかしい会話からきた緊張のせいで、彼女はとても疲れていた。自分があとどれくらい持ちこたえられるか、そのあと、今夜の宿を取ることになるモーテルまで戻れるかどうか疑わしい。だが、子供たちがすぐそこまで来ていて、まもなく二人を目にし、抱きしめ、キスできるのだと思うと、彼女は興奮した。くらくらするほどのエネルギーが生まれ、なえかけた力を十二分によみがえらせる。もうすぐだ。

正面玄関のドアが開くか開かないかのうちから、コリーンはボウのかん高く幼い声を耳にした。

「ケイド伯父ちゃん！　ロリーんちの子は子犬を飼ったんだよ！」

興奮に胸をどきどきさせ、コリーンは玄関ホールへ向かった。子供たちに会うのは六カ月ぶりだ。ボウはどれくらい大きくなったかしら。わたしをまだ覚えているかしら。それに、エイミー！　事故当時、あの子は五カ月だったから、そろそろ一歳になる。よちよち歩きをしているかしら。いくつくらい言葉をしゃべれるかしら。

満面の笑みを抑えきれないまま、コリーンは玄関ホールへ足を踏み入れた。子供たちにしか目が向いていなかったため、ボウを中に導き入れ、形のいい腰に幼いエイミーをかかえた、すらりとした金髪の優雅な女性にはほとんど気づかなかった。

ボウは確かに大きくなっていた。彼の姿を目にし、コリーンは目頭が熱くなった。だが、エイミーのほうは今では赤ちゃんというより女の子のように見える。ブルーのサンドレスが、黒髪とブルーの瞳を引き立てている。ボウの黒髪はくしゃくしゃで、シャツのすそがズボンの外に出ている。泥んこ遊びでもしていたようだ。

コリーンが期待と憧《あこが》れに胸をふくらませ、二人が少しでも歓迎の合図を示さないかと待ちながら、出しゃばらないようにその場に立っていると、ボウが最初に彼女に気づいた。

コリーンは、歩をとめて彼女を見つめているボウににっこり笑いかけた。エイミーもコリーンの姿をとらえて、大きな瞳でじっくり彼女を観察している。最後に会ったとき、エイミーはあまりにも幼かった。だが、ボウについては、けがで見かけが変わってしまったコリーンが誰なのか、すぐにはわかってもらえないかもしれないという不安はあったものの、覚えてくれているのではと思っていた。

ひどく残念なことに、楽しそうなボウの笑みは凍りつき、ついで消えてなくなった。おびえたしかめっ面に変わり、ボウは即座にケイドのところへ行き、脚にすがりついた。ケイドは下に手を伸ばし、しがみついているボウをそっと脚から離して抱き上げた。ボウの小さな腕はケイドの首のまわりにきつくまわされ、小さな顔は青ざめた。

何かがひどくおかしいと感じ取り、コリーンはそっと声をかけてみた。「ハロー、ボウ。伯母ちゃんを覚えているわね？　コリーン伯母ちゃんを」慎重に一歩足を前に進めたが、ボウはケイドの首にさらにぴったりしがみつき、不信の目でコリーンを見た。

ケイドはボウの反応を奇妙に思った様子だったが、ボウを軽くひと揺すりして関心を引きつけた。「きみの伯母ちゃんが、遠くからきみとエイミーに会いに来たんだよ、ぼうず」

「会いたくない」

ボウの小さな声が玄関ホールにこだまするように思え、コリーンは打ちひしがれた。痛手を受けたことを顔に表さないようにしたが、笑みはわずかに薄れた。玄関ホールは静まり返った。コリーンはボウのおびえた小さな顔と、ケイドがボウをじっと見ている様子しか意識していなかった。

「どうして、会いたくないんだい？」ケイドは軽い口調で尋ねたが、コリーンにはその問いがどれほど重大なものかわかった。そして、子供たちにこの先会えるかどうかは、ボウの答えにかかっていると。

ボウはためらわなかった。その小さな顔は真剣で、迷いがなかった。「だって、ママを殺して、ぼくとエイミーを傷つけたんだもん」

黒い瞳を向けられ、ケイドが彼女に心を閉ざしたのを見て取り、コリーンは衝撃を感じた。彼女は自分を弁護する言葉をひと言も口にできなかった。のどがしめつけられ、息ができなかったからだ。急に部屋の空気が抜き取られたようだった。そして、部屋が揺れ始めた。めまいがし、杖の支えだけで立っているのがむずかしくなったので、コリーンは、あいている握力の弱いほうの右手を壁についた。

そこで、ケイドは子供たちを連れてきた女性に何か言ったが、不意にコリーンの耳はごうっというような音でいっぱいになった。ケイドはボウを下に下ろした。自分の足で立った瞬間ボウは玄関ホールを走り抜け、コリーンの立っている場所とは反対の廊下へ向かった。幼いエイミーを連れた女性は、無言のままコリーンの横を通り過ぎていったが、コリーンはあまりに呆然《ぼうぜん》とし、ぞっとしていて動けなかった。

〝ママを殺して、ぼくとエイミーを傷つけたんだもん〟

恐ろしい言葉と、ボウの顔に浮かんだおびえた表情にコリーンは動揺し、自分の正気を疑った。なぜだかわからないけれど、わたしは奇妙な悪夢に落ち込んだのだわ。奇妙な、恐ろしい悪夢に。

コリーンは膝の力が抜けるのを感じたが、視界が突然灰色のかすみにおおわれたかと思うと真っ暗になったので、玄関ホールのひんやりした固いタイルの床に自分がぶつかったのかどうかはわからなかった。

2

コリーンは薄暗い、ひんやりしたベッドルームでひとり目を覚ました。薄い毛布が顎からくるぶしまでをおおっている。頭がずきずきし、耳鳴りのせいで吐き気がする。

そのとき、彼女はすべてを思い出した。幼いエイミーとボウのことを。やっと二人に会えたのに。手を触れ、ふっくらした頰にキスし、胸に抱きしめるまであとわずかだった。ボウの顔に浮かんだおびえと、あの恐ろしい言葉が頭から離れない。〝ママを殺して、ぼくとエイミーを傷つけたんだもん〟

コリーンはなんとか横向きになり、苦悩から身を守るように体を丸めた。

〝ぼくとエイミーを傷つけたんだもん〟

その言葉が頭に響き、心にパンチを浴びせる。わたしは子供たちのどちらも、髪の毛一本傷つけたことはない。一度も。ボウがなぜあんなことを言ったのかわからなかったが、彼の瞳に浮かんだ表情にはうそ偽りがなかった。ボウはすっかり信じていたのだ。ケイドの表情からして、彼もそれを信じていた。ああ、なんていうこと！

不意に、コリーンの吐き気は耐えがたいまでにひどくなった。弱々しく毛布と格闘し、体を自由にする。専用のバスルームへ向かうのはさらに大変だった。杖《つえ》を見つけられず、まともに歩けないほど弱っていた。家具を伝ってバスルームを目指し、途中で吐かないよう必死だった。

廊下へのドアが開いたが、バスルームへたどり着くことに集中していたあまり、わずかに意識していたにすぎなかった。ケイドの大きな両手がウエストにかかり、大きな体が押しつけられたとき、彼女は驚きの声をあげた。彼はたちまちコリーンをバスルームへ運び、バスタブの縁に気をつけて座らせたあと、ぱちんと明かりをつけた。

「吐きそうなのかい?」

「そうなの……どうか、行ってちょうだい」

「もうすぐ医者が来る。ぼくのことは気にしないで、吐くといい」

「いいえ。行って!」必死になってそれだけ言ったところで、彼女は激しい吐き気を抑えられなくなった。

吐いているあいだ中、ケイドはコリーンを支えていた。そのあと、ひんやりしたぬれタオルで、やさしく手際よく彼女の顔をぬぐい、洗面台まで連れていくと、歯みがき粉をつけた新しい歯ブラシを渡した。

気分もよくなり、歯をみがいて、口をすすぎ終えたとき、ケイドが落ち着いて示してくれた思いやり、あくまでもやさしい面倒の見方は、心の奥深くに強い印象をあたえ、コリーンは胸が痛くなった。

人生でもっとも苦痛に満ちた大変な時期、ことにあの事故のあと、彼女はひとりで耐えた。家族もなかったから、退院後はほんとうにひとりぼっちだった。用事を片づけたり、様子を見に寄ってくれたりする隣人や友人はいたが、ずっとそばにいて面倒をみてくれる人間は誰もいなかった。長い灰色の日々の孤独や絶望、眠れない夜の苦しみをやわらげてくれる人間はひとりもいなかった。

コリーンはほとんど立っていられず、洗面台のかたわらのカウンターに両手をつき、ぐったりともたれかかった。「あの子たちを傷つけたことは一度もないわ、ケイド」すすり泣きはできるだけ抑えようとしたが、あふれる涙はとめられなかった。

「何かがおかしい。まず、きみをベッドへ戻そう。ことを究明するのはあとだ」ケイドはカウンターから彼女をそっと離すと、ウエストに腕をまわし、彼女の左腕をやさしく取って体重の大半を支えた。「きみが気を失ったとき受けとめて、ここへ運び込んだんだが、今抱き上げたら痛くするかな?」

「歩けるわ」

「それは答えになっていないよ」ケイドは足をとめ、コリーンの腕を離すと、慎重に彼女を抱き上げるため腰をかがめた。だが、困惑の声を耳にして、痛みをあたえるのを恐れるかのようにためらった。

「歩かせて。お願い」

だが、大丈夫だと判断したに違いない。ケイドは彼女を抱き上げ、しっかり自分に引き寄せた。コリーンは彼が落ち着いたやさしさを示すわけを見きわめようと顔を上げたが、黒い瞳は驚くほどやさしかったものの、表情は重々しく、きびしかった。

ケイドはコリーンをベッドのマットレスの端に座らせ、丸まってよじれた毛布を取ろうと、彼女の背後に手を伸ばした。「さあ、横になるんだ」

コリーンは首を振った。「起きていたいわ」

上体を起こしながら、ケイドはかすかにいらだちをのぞかせた。

「もう、大丈夫よ」コリーンはうそをついた。

ケイドは毛布で彼女を温かくくるむと、近くにあったウィングチェアをベッドのそばへ引きずってきて、何も尋ねずにコリーンをその椅子にかけさせた。包み込むような大きな椅子の感触をうれしく思い、彼女はゆったり背をあずけた。

ケイドは体をまっすぐにしたが、黒い瞳は一瞬も彼女から離さない。コリーンは見つめられてひるんだ。

「迷惑をかけてごめんなさい。もう少ししたら元気になるわ。そうしたら、失礼できるから」

「なんのためらいもなく？　ただ帰ると？」

コリーンはケイドのきびしい口調に困惑し、警戒するように彼を見た。「わたしにはなぜボウがあんなことを言ったのかわからないわ。どう自分を弁護すればいいのかも。それに、あの子はとても……わたしを怖がっていたわ」顔をそむけ、泣きださないように毛布をきつくつかむ。心は破れ、体は消耗しきっていて、何が起こっているのか理解するどころではなかった。

「ドクターの診察が終わったらすぐに、エスメラルダが何か食べるものを用意してくれるだろう。それから、きみが休んでいるあいだに、ぼくがボウと話をしよう。きみはこの部屋を使っていい」

コリーンは、首を左右に振った。「来る途中にあったモーテルに泊まるわ」

「まず、あの子の話を聞いてみよう」

彼女はケイドを見上げた。「あなたがあの子と話す前に出ていきたいわ。いっそうひどい結果になるだけなのに、期待して待っているなんてできない」

「何も悪いことをしていないなら、なぜうまくいかないことがある？」ケイドの目が細められた。彼女を疑ってはいるが、最終的な判断を控えているのに気づき、コリーンは驚いた。

「わたしは無実よ。でも、ボウは明らかに自分の言ったことを信じていたから、わたしの言葉には意味がないわ。あの子の話を真剣に受けとめないのもよくないし。今夜、何がほんとうで何がうそかを証明するのは無理かもしれないわね。それなら、わたしがここにとどまる理由はないでしょう。わたしに質問する必要があれば、住所はご存じね」

「ドクターが問題なしと判断したとしても、きみは運転できるような状態じゃない」

ケイドがまたしてもドクターという言葉を口にしたことで、コリーンはますます気分が悪くなった。

「ドクターに電話して、往診をキャンセルしてちょうだい。来てもらう必要はないわ」

「手遅れだ」

コリーンは首を振り、生じた痛みに顔をしかめまいとした。「だったら、費用をお支払いするわ。ほんとうになんでもないんですもの。無駄足を踏ませてしまって申し訳ないわ」自分が間違った言葉を使ったのに気づいてぞっとし、いったん口をつぐみ、正しい言葉を口にする。「迷惑をかけてと言うつもりだったの。迷惑をかけてしまって申し訳ないわ」

コリーンは今や、再び泣きだしそうになっていた。疲れきり、気落ちし、おびえてもいた。

「わたしはサンアントニオにとどまって、何もかもそのままにしておくべきだったわ。あの子たちは大変な目にあったんですもの。とりわけ、ボウは。こんな思いをさせたくなかった」そこまで言って、必死に落ち着きを取り戻そうとし、勇ましくケイドを見上げる。「二人ともかわいらしくて、とてもうれしいの。ほっとしたわ」そう言ったとき、声が震えた。あなたはあの子たちによくしてくれているのね。それが、とてもうれしいの。ほっとしたわ」そう言ったとき、声が震えた。

ケイドはまじまじと相手を見た。コリーンは取り乱し、明らかに強いショックを受けている。彼女は誰も、とりわけ子供を傷つけることなどできないと彼の本能が告げている。すでにボウがあんなことを言ったわけは察していたが、確かめる必要があった。

刻一刻と、彼の目にコリーンはますます誠実な人間に見えてきつつあった。自己中心的な彼女の妹とは似ても似つかない。これまでつき合った女性の中には、このような女性はいなかった。率直で裏がない。しかも子供たちを深く愛している。ケイドは不意に気づいた。彼女は必要とあらば、子供たちの健康と幸せのために自分を犠牲にするような女性だ。彼にとってそういう女性はとても魅力的だった。

廊下の先からかすかなチャイムの音が響いてきて、ドクターの到着を告げたため、ケイドは部屋を出ていった。

コリーンはドクター・アマドの短い診察を受けた。彼は親切で、時間をかけてコリーンにけがのことや理学療法の種類を尋ね、彼女の手術を担当した外科医の思い出話をした。そのうちに彼女はふと、ドクター・アマドが、ほんとうならいくらも時間のかからない診察をわざと引きのばしているのではと思った。そう疑っていることをうまく伝える方法を考えていると、彼はコリーンの心を読んだかのようにほほ笑みかけた。

「あなたをしばらく引きとめておくようケイドに頼まれたんですよ。でも、あなたと話すのは楽しかった、コリーン。とても順調に回復しているのは幸運だ。今はそう思えないかもしれませんがね。体を大切にして、理学療法を続けなさい。いつか、完全に元どおりになりますよ」ドクター・アマドは身を乗り出し、コリーンの肩に触れた。「そして、彼女は幸せに暮らしました、めでたしめでたし」

ちょっとした冗談に、コリーンは無理やりかすかな笑みを浮かべた。それが期待された反応だったからだ。だが、めでたしめでたしの結末をほとんど信じておらず、今日の出来事はその悲観主義をますます強めただけだった。

「費用はおいくらですか、ドクター・アマド?」

「それはもうケイドが払ってくれました。でも、彼と争うだけ無駄ですよ。しっかり休んで、少なくとも明日になるまでは、どこへも運転していくべきじゃない。気分のよくないときに、サンアントニオは遠すぎる。今日のことで、きっとあなたも気づいたようにね。さあ、夕食の前に軽くひと眠りしなさい。わたしはケイドに、二時間ほどしたら起こすよう言っておきましょう」

ひとりになるや、コリーンは慎重に玄関ホールへ向かった。確かに、サンアントニオは今の自分が運転していくには遠すぎる。だが、来る途中通りかかったモーテルなら八キロと離れていないだろう。杖とハンドバッグを見つけしだい、ここを出ていこう。

ケイドがボウからどんなことを聞き出せると思ったにせよ、ボウのわたしへの恐怖を急になくすのは無理だ。ボウにとっても、誰にとっても、わたしがかかわりを持つのをあきらめ、ここを出ていくほうがいい。わかっていたじゃない。これが無謀な賭《かけ》で、裏目に出る可能性があったことは。ケイド以外の誰かが、新たな災難の原因になろうとは思ってもみなかったけれど、わたしは来るべきではなかったのだわ。二度と再び子供たちに会えないとはっきりわからずにいる限り、希望が持てた。今のわたしにはもう何もない。


ケイドはボウが裏のパティオへ走り出ていくのを見守った。ボウはたちまち三輪車にまたがり、ペダルを一心にこいで敷石の縁にそって走りまわった。

エイミーは少し大きすぎるプラスチックの積み木の山をそばに、パティオの中央、日陰の部分にある葉のしげったあずま屋の下に座っている。

ボウと男同士の話をしたことですべてが解明されたが、ケイドは弟に新たな失望を感じていた。クレイグはボウに、コリーン伯母さんがお前のお母さんを殺した、お母さんが死んだから家族がめちゃめちゃになった。それは伯母さんがお前とエイミーを傷つけたことにもなると言い聞かせていたのだ。

「パパは、伯母さんがぼくとエイミーをいちばん傷つけたって言ったよ」ボウはケイドに打ち明けた。しかも、クレイグは息子にしばしばそう言っていたらしい。その衝撃的なうそは、事故のあとコリーンを心配するボウの質問を永遠にやめさせるのに充分だったろうし、繰り返し聞かせたことで、彼女への恐怖心を植えつけるはたらきもしただろう。コリーンはそんな仕打ちを受けるいわれはない。クレイグはボウにうそをついたとき、正気ではなかったのだ。あらゆることに分別をなくし、腹立ちを酒でまぎらわそうとし、自分がおぼれ死ぬ結果になった。

一カ月前に弟を亡くした苦痛は、今も大きく生々しい。クレイグがコリーンについて最初からケイドにうそをつき、次にボウのコリーン像をわざと傷つけたという事実によって、その痛みはいっそうひどくなった。弟の行為の不当さに、ケイドは呆然《ぼうぜん》とした。そこにからんで自分の果たした役割を思い、気分が悪くなる。彼は、コリーンは妹が亡くなったあと、彼らとかかわりたがっていないというクレイグの話をあっさり信じ、わざわざ真実を突きとめようとはしなかった。弟の話に疑問を感じるほど、コリーンのことをよく知らなかった。シャロンをもとにして、彼女を判断してしまったのだ。

しかも、コリーンがしばしばシャロンの逃げ場となったことには、ケイドも腹を立てていた。重傷を負い、家族を失ってひとりぼっちになった彼女を何カ月もほうっておいたのだと思うと、彼は恥ずかしくなった。彼とクレイグは文字どおり彼女を見捨てたのだ。それに対して感じた呵責《かしゃく》は、ケイドの良心に重くのしかかった。

少なくとも今日、彼は打てる手を打ち、間違いを正した。ようやく。ボウから話を聞いたあと、きみのパパは間違っていた、衝突事故はほかの人間の起こした事故だったと話して聞かせたのだ。コリーンはきみたちのお母さんを傷つけなかったのだから、きみとエイミーを傷つけたのも彼女ではないと。

いつもながら、物事をうまくボウに説明できたか、ケイドは自信がなかった。ボウはあと数カ月しないと四歳にならないし、とても賢くはあるが、まだ幼い男の子だ。伯母さんについて、どんなことを思い出せるか考えてごらんとやさしく励まし、彼はついにボウを外に遊びにやったのだった。

シャロンは子供たちを連れてちょくちょくサンアントニオを訪れ、そうした旅行のたびにボウはコリーンとの楽しい話をいっぱい持ち帰ってきた。だから、あの子がそうした話を忘れてしまったはずはない。当時のケイドは、ボウの伯母よりボウ本人にずっと関心があり、話は半分しか聞いていなかった。だが、今日の出来事がそれをすべて変えた。ボウが思い出せるなら、問題は解決するだろう。

ケイドはドクター・アマドが、オフィスの外の廊下をやってくる足音を聞きつけた。彼はパティオのドアに背を向け、ドクターの落ち着いた笑みを見てほっとした。

コリーンはハンドバッグと小切手帳をソファから取り上げ、玄関ホールのテーブルの上にあった杖を見つけた。家の外に足を踏み出すころには、疲れた体は打ちのめされたように感じられた。慎重にレンタカーのところへ歩いていき、どこからか力をかき集めてエンジンをかけると、ギアを入れ、長い砂利道を走って高速道路へ向かう。疲れすぎていたため、モーテルまで運転していくのが、サンアントニオからここまで運転してきたときよりもさらにつらく、いつまでたっても目的地にたどり着かないように思われた。

モーテルのフロント係が、一階の部屋まで旅行かばんを運ぶのを手伝ってくれたときは、ありがたかった。チップを渡してしまうと、彼女には服を脱ぐエネルギーさえ残っていなかった。フロント係がドアを閉めるやいなや、コリーンはベッドカバーを足もとまで引き下ろし、痛む体でベッドにもぐり込んだ。

ケイドは、フロント係がコリーンの部屋のドアの鍵《かぎ》を開けるのをじりじりして待っていた。二人は二度ほどドアをたたいてみたが、中からはなんの返事もなく、ケイドは次々と恐ろしい筋書きを頭に浮かべた。診察のあと、二時間近くたってから様子を見に彼女の部屋へ行くまで、彼はコリーンが家を抜け出してしまったことに気づかなかったのだ。

ようやくドアが開き、明かりがついた。コリーンは服を着たまま、部分的に体をおおっただけでベッドに横たわっていた。疲れすぎて脱げなかったのか、脱ぐだけの分別がなかったのか、小さな足にはまだスニーカーをはいている。ドアを入ってすぐの位置から、ケイドはコリーンが正常に呼吸しているのがわかった。フロント係を部屋から出すため、礼の意味もふくめて、ケイドは高額のチップを渡した。

フロント係は彼の意をくみ取り、部屋をあとにした。ケイドはコリーンのほうを見やり、ベッドのところへ歩いていった。片方の靴のマジックテープが、ベッドカバーの下の薄い毛布の端にくっついている。寝具が乱れているのは、痛みのせいで熟睡できず、それでいて疲労困憊《ひろうこんぱい》のため完全に目を覚ますこともなかった証拠だ。彼は両方のスニーカーを脱がせてわきにほうったあと、かがみ込んでベッドカバーを直した。

子供たちのような寝方だ。ボウやエイミーが昼寝の前に元気を使い果たし、遊び着のまま、どこであれその場でたちまち眠りに落ちるようだと思い、ケイドはコリーンに対してやさしい気持ちになった。

彼女が小切手帳を手に、専門家による査定の手つけ金を切ろうと申し出る前に浮かべた、困惑した表情を思い出す。彼女は子供のように無邪気で、彼がどういう意味で金の話をしたのかわかっていないのは明らかだった。彼女は一瞬も態度を偽らなかったと本能はケイドに告げていた。今もまだその驚きは消えないが、コリーンが不意に彼に子供たちを思わせたことを考えれば納得がいく。

コリーンをモーテルにひとり残していくのはいやだったが、彼女がぜひとも休息を必要としているときに、牧場へ連れ戻す権利はケイドにはなかった。彼はサイドテーブルのスタンドの隣に置かれた、レンタカーの鍵に目をとめた。そして、引き出しの中にあるモーテル備えつけの便箋《びんせん》にメモを書きなぐると、バスルームの洗面台に立てかけた。

翌朝コリーンは、筋肉が痙攣《けいれん》して目を覚ました。ベッドを出て、痙攣がひどくならないうちに歩いて痛みを消すのは、常に闘いだった。痛みがなかったら、もっと何時間もベッドに横たわったままでいただろう。起き上がるということは、つらく失意に満ちた新たな一日に直面することを意味していた。

幼いボウとのあいだに何が起きたか思い出したことで、目の前に広がった今日という日がとてつもなく長いものになった。あとどれくらい、わたしは困難で喜びのない日々に耐えられるだろう? これまでそうした日々は、ゴールを目指してゆっくり進むあいだの、忍耐力のテストになっていた。だが、失意のどん底にあり、もっとも痛みを感じていたときにわたしを引き寄せていたゴールは、今や失われてしまった。それなしに進んでいく方法を、家庭やよりどころを約束する、何か別のものを心に定める方法を探さなくては。

この世は孤独で、愛情のない場所。わたしは愛する人も、人生の目的もない孤独な人間だ。だけど、夢中になれる誰かを、打ち込める何かを見つける方法があるはず。でも、こんなふうでは誰の役にも立たないし、他人に価値のある何かを提供できるまでに回復するには、長い時間がかかりそうだ。

秋になったら大学で講義を取るのもいいかもしれない。衝突を起こした運転手を雇っていたトラック会社は、裁判沙汰《ざた》になるのをさけるため、とても高額の示談金を提示している。先々かかる医療費をそれで充分まかなえるか確かめたかったので、まだ受け入れてはいない。それに、ずっとつき合っていかなくてはならない体の不自由がどの程度のものになるのかも、別の仕事につくためにもっと教育が必要になるのかもまだはっきりしない。

コリーンは簿記係をしていたが、これまでのところ、医師からは職場復帰を許されていない。そのうえ、今では簿記の仕事ができないのではないかと恐れていた。頭部のけがのせいで、計算機能の回復はじれったいほど遅い。まだ小切手帳の帳尻を合わせることさえできず、複雑な数計算を再び矛盾なくこなせるようになるのか絶望することがある。

そう考えると、大学の講義も理解できないのではとコリーンは心配になった。彼女の自信はもろく、心身ともに弱りすぎていて、就職のための再教育を受けたり、新しい何かを学んだりという挑戦に立ち向かうのは無理だった。

コリーンは杖に体重をかけ、握力の弱い右手を壁、デスク、大型衣装だんすとつきながら、痙攣をとめ、多少しなやかな動きを取り戻すために痛みをこらえて部屋を行ったり来たりした。そのあと、服を脱いでシャワーを浴びようとした。やっと痙攣がおさまってバスルームに入ったとき、彼女は洗面台のかたわらに立てかけられたメモを目にした。その筆跡はこれまで一度も目にしたことがなかったが、メモを書いた男性の強い個性をとてもはっきり示していたので、コリーンは即座に誰が書いたものかわかった。

〝車の鍵は、朝食のときに返す。ケイド〟

体を走った奇妙な興奮に、彼女は肌がむずむずした。ケイドがこの部屋に入ってきた、なのに、ちっとも気づかなかった。彼はあとを追いかけてきて、わたしを彼の意思に従わせるため、持ち物のひとつを担保に取っていったのだ。

コリーンはメモをまじまじと見つめた。ケイドがあとを追いかけてきたという重みのある出来事は、彼女のような人間にとって危険なことだった。コリーンは周囲の人間が彼女の存在に無関心であるのに慣れていたし、何につけても人の目を引こうとする女性ではなかった。そういう状況が変わることを夢想することはあったが、たいした取り柄もないので、現実は現実として受け入れていた。

ジェームズ姉妹に向けられる関心のすべては、シャロンが引きつけ、ぱっとしないコリーンは、ひとかけらの恨みも持たず、悩むこともなく、妹の美しさときらめく個性の端っこに存在していた。一度でもいいから、誰かが目をとめてくれて、シャロンが空気や日光のように自然に受けとめている関心を、自分ひとりに向けてくれたらと願わなかったわけではないけれど。コリーンが立ち去らないようにしようとするケイドの意図とこのメモは、とうていその愚かでひそかな願いを満たすものではなかったものの、願いがかなったらどうなるか、わずかでも味わえるのはうれしい驚きだった。

不意に自分自身にいらだち、コリーンはメモをわきにやった。牧場からこっそりいなくなり、ケイドを怒らせた可能性のほうがずっと高い。彼は独裁的なうえ、おそらく支配的すぎて、わたしのような取るに足らない人間が自分の意思を無視するのを許せないんだわ。それに、わたしに対するボウの気持ちを説明したり、解決したりする何かがこんなにすぐ起こるはずはない。幼児虐待のかどで、ケイドがわたしを調べさせることだってありえないことではないわ。レンタカーの鍵を取っていったのは、その調査を開始させるか、わたしがボウとエイミーに会うのを永遠にきびしく禁じる命令を公的に下してもらうか、そのどちらかを決めた結果に違いない。

突然コリーンは、動けなくなりそうなほど気分が落ち込んだ。新たな災難にそなえてシャワーを浴び、服を着るのがひどく骨の折れる作業に思われた。

3

ケイドはモーテルの部屋のドアを短くノックし、返事を待った。ドアを開けたとき、コリーンはあわてふためき、人を迎える用意ができていない様子だった。シャワーを浴びて着替え、薄化粧をしていたが、急速に乾きつつある髪は何もつけていないため、頭からつんつん立っている。

見るからに一晩眠ったのがよかったようだ。痛みによる疲れがまだ残り、瞳に浮かんだ不安に気づかずにいられなかったが、コリーンは昨日よりずっと元気そうに見えた。

コリーンはおはようを言わず、ケイドも無言だったが、彼女は後ろに下がり彼を招き入れた。ケイドにはコリーンが不安を覚え、警戒しているのがわかった。さらに傷つき、精神的ショックを受けるのを恐れているという印象を受ける。

「ボウとエイミーの様子は?」

「二人とも元気だ。ぼくが出てくるときは、コニーとパティオで遊んでいた」聞き覚えのない名前にコリーンが身構えるのを見て、ケイドはいったん言葉を切った。「彼女はナニーなんだ」

コリーンは目をそらし、ぎこちなくうなずいた。「ボウと話す機会はあった?」

コリーンの声にかすかな震えを聞きつけ、ケイドは彼女をそれ以上はらはらさせまいと、単刀直入に言った。「クレイグは、シャロンの死は自分たち全員を傷つけた、とりわけボウとエイミーを傷つけたと、ボウに思い込ませたんだ。ボウは、きみが彼やエイミーに暴力をふるったと言っていたわけじゃないんだ」コリーンはさっと視線を戻し、彼と目を合わせた。彼女の瞳に浮かんだ希望に心を動かされ、ケイドは残らず打ち明けた。「クレイグはシャロンが家を出ていったとき腹を立て、そのあと彼女が事故で亡くなると、気が変になった。きみは責めるのに好都合な存在だったんだ」

弟を見捨てて他人の肩を持つことにしたようで、ケイドはクレイグに対してほんの少しだけ不実な気がした。だが、コリーン・ジェームズは、味方になってやる人間がいて当然の女性だというのが真実だ。

「クレイグのことはすまない。一度も真実を突きとめようとしなかったことも謝る。ぼくもクレイグも、きみをあの病院にひとりほうっておくべきじゃなかった。それについては言い訳のしようもない」

ケイドの言葉に、コリーンの心は震えた。彼女は不意に体が震えだし、今にも涙があふれそうに目がちくちくした。顔をそむけ、彼から数歩離れる。何カ月もの苦痛と孤独と絶望に圧倒され、泣きだささないと確信できるまでにしばらくかかった。

〝ぼくもクレイグも、きみをあの病院にひとりほうっておくべきじゃなかった。それについては言い訳のしようもない〟

それは驚くべき告白で、まったく予想外だった。しかもとても喜ばしいものだったから、見捨てられたつらさをいくらかやわらげた。腹を立ててケイドの謝罪をはねつけ、チャルマーズ兄弟の無関心によってこうむった精神的苦痛と引き換えに、謝罪の言葉を口にしただけの彼をなじっても当然だっただろう。だが、ケイドがここまでへりくだったという事実はそれだけで大変なことだ。チャルマーズ兄弟には、彼らが謝るところを目撃するのも想像するのも同じくらいむずかしいといえるほど、傲慢《ごうまん》な雰囲気があった。

ケイドをそこまで傲慢だと思っていたと今になって気づき、コリーンは驚いた。彼は傲慢ではないからだ。少なくとも今は違う。むずかしい告白だったに違いないのに、彼は逃げなかった。名誉を重んじる男性としてのケイドへの、彼女の評価は高まった。

「ありがとう」

涙がこぼれそうだったが、彼から顔をそむけたままだったので、落ち着きを取り戻すまで少し時間をかせげた。

「これからどうなるの？」こうした話が何を意味するのか知る必要があったから、コリーンは尋ねた。希望を持つのは恐ろしかったが、ひどく必要でもあった。

「どうなるかというと、ぼくたちは高速道路を行ったところにあるレストランで朝食をとりながら、子供たちにとってよく、ぼくたちも満足できる契約を結ぶのさ」

すべては実際的、実務的で簡単だという口ぶりだ。コリーンはケイドのほうを向いた。彼の表情はこわばってきびしく、低い声のまろやかな響きとちぐはぐだ。

「本気でそう言っているの？」

「ぼくと朝食に来て、確かめるといい」

その言葉がほのめかす約束に、体中を興奮が走った。ケイドのきびしい表情は少しもやわらいでいなかったものの、口調にはじらすような、ほとんどふざけているといっていいような何かがあった。コリーンはその矛盾に困惑し、まじまじと彼を見た。

「どうかした？」

「いいえ。わたし……支度しないと」コリーンは顔を赤らめ、杖《つえ》を握るとバスルームへ向かった。急いで髪に水をスプレーし、櫛《くし》でとかしたあと、ムースをつけた両手で髪を撫《な》でつける。ヘアドライヤーを取り上げたそのとき、目の片隅にケイドの姿が映った。コリーンは視線を気にするように、彼の寄りかかっている開いたドアのほうをちらりと見た。

ケイドの顔は相変わらずきびしかったが、声は低く穏やかだった。「ちょっと、過程に興味があったんだ。いつもは結果を目にするだけだからね」

コリーンはまたしても顔がほてるのを感じ、髪を乾かすのに関心を戻した。ケイドは、女性が関心を引きつけようと必死になるような男性だ。わたしは決して美しくなれない、彼が興味を持つようなレベルの女性には決してなれない。それでも、髪をセットするというようなささいなことを自分がするところを彼が見たがったのを知り、奇妙な興奮を感じないわけにいかなかった。

髪をセットし終えると、彼女はささやかな化粧道具を急いで集め、化粧ケースに入れた。ケイドが丁重に戸口をあける。コリーンは彼のわきを通ってベッドのところへ行き、身の回りの品の最後のものをスーツケースに詰めて、彼のほうをちらりと見た。

「スーツケースを車まで運んでくださる？　至急のチェックアウトはすでにすませたわ」

駐車場に着くと、ケイドはコリーンの車の隣にとめた大きな高級車のロックをリモコンで解除し、彼女のスーツケースをトランクにおさめた。待って、というコリーンの低い声を無視して彼女の車に歩み寄り、ドアを開けて鍵《かぎ》をフロントガラスの日よけにはさむと、ドアをロックして閉じる。そして、自分の車に戻りながら言った。「きみの準備ができたら、サンアントニオまで送っていく。レンタカー会社には、車をここで拾うようすでに連絡した」

「自分で運転できるわ」

「別のときにするんだな。さあ、乗って」

コリーンはその場に立ちつくした。人に仕切られるのには慣れていない。不信感と警戒心から、彼女はこの事態に疑いを持った。人生において意のままにできなくなったことがあまりにも多すぎる。こういうふうに支配権を握られると、強い不安を感じずにはいられない。

「自分の車を運転したいわ」

ケイドの視線は落ち着いていた。「それはわかるよ、コリーン。だが、きみが運転すべきか確信が持てない。それに、きみは運転する必要がない」

「そ、それは、わたしが決めることよ」舌がもつれ、コリーンはきまりの悪い思いをした。

ケイドは逆らわれたのにやや驚いて彼女を見つめたが、すぐに状況が理解できた。コリーンは彼を恐れていて、彼の意図に不信を抱いているのだ。しかも、彼女にはプライドがある。苦しい時期をひとりで切り抜けることでつちかわれたものだろうが、プライドには違いない。それを考慮するべきだった。サンアントニオからひとりで運転してきたのは、彼女にとって画期的な出来事だったのかもしれない。達成するのに、六カ月の回復期間が必要だったのだ。

とはいえ、見たところ、コリーンはまだほんとうに車を運転するにふさわしい状態とはいえない。体はこわばっていて、動きはぎこちなく、反射神経も元どおりではなさそうだ。ケイドはコリーンが水の入ったグラスを落としたときのことを思い出した。グラスを落としたことで彼女はあわて、次々にささいな失敗を繰り返した。だから、車を運転するほどには体がよくなっていないはずだ。だが彼女は、子供たちに会い、二人が元気にしているのを確かめ、彼らの人生の一部にならせてほしいとぼくに頼みたかったのだ。コリーンが真実を話したのはわかっている。連絡を取ろうとした彼女の努力を、こちらが無視していると思ったから、こんな遠くまでひとりで運転してくる以外にないと考えたのだろう。そう思うと、ケイドの胸に何か温かいものが生まれた。

「おいで、コリーン」ケイドは静かな声をたもち、やさしい言い方をした。一瞬、抵抗されるかと思ったが、コリーンは前に進んだ。それでも、彼からよそよそしく距離をおいて足をとめた。

「なぜこんなことをするの?」

彼は、落ち着いた声にこもる怒りを聞きつけた。「きみはもう、そんなに独立独歩でいる必要がないからさ。あと数週間したら、車の運転もずっと楽に、ずっと安全になるだろう。だが、今日は違う。今日はぼくが送っていく」

コリーンは顔を曇らせ、不意に彼から視線をそらした。寄りかかっている杖の頭を小さな手で落ち着きなくいじりまわし、顔を真っ赤にしている。緊張した横顔に涙が浮かぶ。彼女は目をしばたたいて、断固としてそれを押し戻した。明らかに彼をどう扱っていいかわからない様子で、ケイドにはコリーンの焦燥感が感じ取れた。

「少しはぼくを信用してくれないか。子供たちのことでは信頼してくれたんだから、この件でも信頼してくれ。ぼくが運転するのはきみにとって恥じゃないし、恥をかかせるためにそうするわけじゃない」

やっとコリーンが彼のほうに顔を向けたが、その体は震えていた。

「つまり、あなたはわたしが当てにならないと言いたいのね。それに、わたしをひ弱だとか、わたしのような女性は、大きな体をした男らしい人間が介入して仕切るのを感謝すべきだと思っているのかもしれないわね。でも、あなたは間違っているわ」

コリーンの静かだがきびしい言葉に、ケイドはショックを受けた。刻一刻と、彼がコリーンを見る目は好転しつつあったが、この返事はまったく予想外だった。助けられ、面倒をみてもらうのをいやがる女性はめったにいない。彼の経験ではひとりもいない。そういう女性たちの大半は、彼の関心を引きつけるために役を演じた。体格がよくて金持ちの独身男性は、財産狙《ねら》いの、苦境に立つ乙女たちの標的なのだ。だが、この女性は違う。皮肉にも、彼女こそ本物の苦境に立つ乙女なのに。

コリーンのやせすぎた体は、小さな子供の体のように弱く心もとない。しかも、同じくらい誇り高く独立独歩で、弱い者扱いされるのを嫌っている。彼の行動はそのプライドと自立心を台なしにし、ひどく彼女の気分を害したのだ。「ぼくが間違っていた」

口調はやわらかかったが、ケイドの表情はごつごつした崖《がけ》の表面同様、きびしく、何も読み取れなかった。コリーンは自分が彼を驚かしたうえ、敵にまわしてしまったような気がした。そんなことをしにここまで来たわけではないのに。

ケイドは手ごわすぎる。確かに彼女は、頼み事があってうやうやしく彼のもとへやってきた。でも、だからといって、いつでも彼に意思を押しつけられ、踏みつけにされるつもりはない。それを許したら、ケイドは徹底的に自分の思いどおりにし、子供たちの養育にコリーンは不必要だと判断するかもしれなかった。彼を怒らせるのは危険だが、向こうがこちらにまったく敬意を払わないとすれば、そのほうがずっと大きな危険になる。

二人は見つめ合い、コリーンは不意にパニックに陥った。これからどうすればいいのかわからない。

ケイドは一瞬目をそらし、助手席のドアを開けた。「ぼくたちには決めなければならないことがある」彼はコリーンを見た。「きみのレンタカーについては、先走ったことをしてしまった。代わりの車を手配するよ」

コリーンは少しためらったのち、震えながらドアへ足を進めた。今や、再び車に乗るという見通しが、彼女の注意を完全に引きつけていた。くらくらするような恐怖が全身に渦巻く。これからずっとこんなふうに感じるのだろうか？　ケイドはあっというまに彼女を座席に座らせ、ドアを閉めた。コリーンは杖をわきに置き、両手を腿のあいだにはさんで震えを隠せるようにと、急いでシートベルトをしめた。

続いてケイドが乗り込み、車のエンジンをかけてモーテルの駐車場から出た。コリーンの恐怖はいっきに高まった。だが、ケイドの落ち着いた巧みな運転ぶりに、セミトレーラーも通る道路を車に乗っていくという不安が多少やわらいだ。レストランに着くころには、恐怖のいくらかは単なる緊張にまで静まり、耐えることでその力が弱まったのだと思うと少し気分がよくなった。

それぞれ朝食を注文したあと、コリーンはケイドと二人きりで食事をすると思うだけで感じる強い自意識と無言で闘っていた。彼女は、決して賢く生き生きとした会話をする人間ではなく、黒い瞳にじっと見つめられると、いつにも増して自分が賢さと活気に欠けている気がした。

「きみの妹とぼくの弟は四年間も結婚していたのに、ぼくたちが相変わらず他人同士なのはなぜだと思う？　牧場を訪ねたくなかったのかい？」

心の痛みを隠そうと、コリーンは一瞬視線をそらした。「過去は振り返らないほうがいいかもしれないわ」

だが、答えがほしいとなったら、ケイドは容易にあきらめるつもりはないようだった。

「牧場は遠すぎると思うかい？」

コリーンはちらりと彼を見やり、ついで、レストラン内の人の動きに少し気を散らされたというように視線をさまよわせ、静かな声で答えた。「実際はそんなに遠くないわ。家は美しくてとても大きいし」彼の家が嫌いなわけではないとわかってもらうにはもっと何か言わなければと、ケイドのほうに視線を戻す。「大家族を育てるために建てられたんでしょうね。土地が圧倒的に広いから、家もあれくらい大きいほうがいいんだわ。家の大きさが、土地の広さのあたえるショックをやわらげているのではないかしら。家が小さかったら、毎日出たり入ったりするのに……妙な気がするかもしれないわ」肌がかっと熱くなる。知ったような口をきき、取りとめのない答え方をしてしまい、コリーンはあわててうめ合わせをしようとした。「ボウとエイミーは牧場で育つのを誇りに思うはずだわ。二人の歴史が存在するところなんですもの」

ようやくケイドがこちらを注視するのをやめたので、コリーンの緊張もややほぐれた。彼は満足したらしい。だが、そう思っていられたのは、彼が言葉を続けるまでのことだった。

「馬に乗ったり、牧場で時間を過ごしたりしたことはあるかい？」

「どちらもないわ。つまらなそうだというわけじゃないの。理学療法士は乗馬を勧めたけれど、わたしはまだ何も調べていなくて」

「二、三日うちに滞在したらどうだろう。ボウにまたきみを知る機会をあたえて、エイミーともしばらく一緒に過ごすんだ。少し乗馬をすれば体力がつくし、四人で軽トラックに乗って、土地を見ながら牧場の仕事を見学することもできる」コリーンが急に身を引いたのを感じ取ったかのように、ケイドはいったん言葉を切り、さりげなくつけ加えた。「きみが一緒なら、ボウとエイミーを連れ出すのがずっと楽になる。ぼくは四六時中見守っていられないから、あの子たちはうちの牧場も仕事もほとんど見たことがない。今雇っているナニーは、あまりアウトドアが好きじゃないんだ。子供たちにとって、自分たちが引き継ぐものを一から十まで見るのは重要なことだ」

そこへウェイトレスが料理を運んできて、コリーンは話が中断されたのがありがたかった。ケイドの話をどう取るべきかわからず、返事をする前にじっくり考えたかった。ケイドは彼女が断りきれなくなるような言い方をした。ボウとエイミーにとっての重要性を口にしたのだから当然だ。何か裏があるような気もするが、仮にそうだとして、なぜ彼はこんなことをするのだろう？　彼女が子供たちと一緒に過ごすようにもっていく必要はどこにもない。コリーンはこの会話の流れを、彼女が子供たちの人生にかかわるのをケイドが認めた合図だと受けとめた。ウェイトレスが料理を二人の前に並べ終えてそそくさと立ち去ると、彼女はケイドの視線をとらえた。

「きみは質問に答えなかったね、コリーン。なぜぼくたちがまだよく知らない者同士なのか、なぜきみがあまり牧場に来なかったか」

彼女は頭の中で、ケイドの好奇心をそらす方法を探した。「過去は振り返らないほうがいいかもしれないと言わなかったかしら？」

「何が起こったのか知っておいたほうがいい場合が大半だ」穏やかな口調だったが、彼は答えを聞くまであきらめないつもりだとわかった。

何が起こったのかケイドに打ち明けるべきだろうか。真実を告げれば、わたしの答えたくないことを、これからはしつこくきき出す気をなくすかもしれない。突然、コリーンの食欲はうせ始めた。

彼女の緊張した表情からその兆候を見て取ったかのように、ケイドは追及の手をゆるめた。「ひとまず、話は棚上げだ。落ち着いて食事をするといい」そう言って、彼は自分の注文したステーキをカットするのに関心を向けた。

コリーンはナプキンを膝に広げ、注文したふわふわのスクランブルエッグ、ベーコン、ハッシュブラウンを食べ始めた。ケイドに勧められたシナモンロールまで食べると、すっかり満腹になった。たっぷりした食事のおかげで気持ちが落ち着き、コリーンは眠気をもよおしてきた。

「ひと眠りしたそうだな」彼がうっすらと笑みを浮かべて言い、コリーンは目をそらした。ケイドはどんなささいなことにも気づき、ためらわずにそれを知らせてくる。そのたびに彼女はすべてを見透かされているように感じたが、彼はそうした親密な関心を寄せてくれた数少ない人間のひとりでもある。コリーンはこのことをどう考えるべきかも、どう扱うべきかもわからなかった。

「ベッドを出ていくらもたっていないのに、昼寝するわけにいかないわ」彼女は自分のスタミナのなさがもどかしかった。「歩き始めれば大丈夫よ」

「無理しないことだ。きみは少し甘やかされ、新鮮な空気と日光の中で運動して、栄養のあるものをたくさん食べる必要がある。牧場にはそのすべてがそろっているんだ」

コリーンは彼からさっと視線をそらした。急に落ち着かなくなって動揺したため、それまでの眠気はめったに起こさないかんしゃくへと変わった。「それはご親切に、ミスター・チャルマーズ。でも、わたしは甘やかされる必要はないの。気の毒になんて思わないでほしいわ。ちっともあなたを責めていないのだから、償いをしようなんて考えないで」

コリーンはハンドバッグをつかんだ。だが、杖を取ろうとしてベンチシートの端から払いのけてしまい、杖は音をたてて床にころがった。ちょうど通りかかったウェイトレスがつまずくのをさけて足をとめ、拾い上げた杖をにっこりしてコリーンに渡した。

ありがとう、と絞り出すような声で言ったコリーンの顔は真っ赤だった。彼女は杖を受け取り、ベンチシートの端まで体をすべらせると、特別に注意を払って、できるだけなめらかに立ち上がった。ずっとすばやく立ち上がったケイドのほうを見ることはできなかった。

輝く太陽のもとに足を踏み出したとき、朝の空気はずっと暑くなっていた。コリーンは不意に、かんしゃくを起こしたことを後悔した。車に乗り込み、彼がエンジンをかけるまで、動揺を抑えるのがやっとだった。ケイドの顔が見られない。「ごめんなさい。いつもはあんなに怒りっぽくも失礼でもないの」一刻一刻と自己嫌悪がひどくなっていく。腕に触れられたとき、彼女は危うく飛び上がりそうになり、さっと彼のほうを見た。

「どうしたらぼくにそれがわかる？　きみは査定を受けてもいいと言ったね。だったら、これから二、三日牧場に滞在するのを査定の一部と見なしてくれ」

コリーンはケイドのうちにあるきびしさを目にした。彼は無慈悲だ。

「そ、それは無理よ」

彼のきびしい表情はいっそうきびしくなり、コリーンはかすかな不安を覚えた。今朝二人のあいだに存在したなごやかさは、今では蜃気楼《しんきろう》のようだ。ケイド・チャルマーズは軽くあしらわれるべき男性ではなく、今や彼には同情のかけらもない。

「ぼくたちはよく知らない者同士だ、コリーン。その状況を確実に改める方法はひとつしかない。それに、子供たちへの訪問権を求めてぼくのもとへやってきたのはきみのほうだ」

その言葉に反論できず、コリーンはケイドを見つめたが、急に怖くなった。査定を受けると申し出たとき、彼女は子供たちに関係する面における、しかも専門家による査定を考えただけだった。ケイドがこれほどかかわってこようとは、子供たちと関係のないレベルで、彼女についてもっと知りたがるだろうとは思ってもみなかった。

〝ぼくたちはよく知らない者同士だ、コリーン。その状況を確実に改める方法はひとつしかない〟

ケイドが彼女についていろいろと知るつもりなのは——とてもよく知るつもりなのは、言葉そのものよりも、口調から伝わってきた。彼はそれが、子供たちとは無関係の、個人的な親密さを要求する命令だという言い方をした。

コリーンは男性と親しくつき合ったことはほとんどなかった。ケイドの強い意志とぶっきらぼうな個性に圧倒されずにいるのは不可能だ。彼女のような女性はケイドのような男性をめったに相手にする必要がなかったが、今、彼女は相手にせざるをえない立場に追い込まれつつある。

それが、コリーンがこの状況を恐れている理由だった。周囲が注目せずにいられないような男らしい男性は、平凡な女性に引かれたりしない。平凡な女性はいつも必ずといっていいほど魅力的な男性に恋する危険があるが。しかもそういう女性は、決して思いが報われないというひそかな苦悩を必ず味わうことになる。

最初に目をそらしたのはコリーンのほうだった。彼女はボウとエイミーのことを考えるのに集中して、あまり脅威を感じないように努めた。だが、車で牧場へ戻るあいだは、再び別の恐怖に心が支配された。今度も、ケイドの運転技術は頼もしかった。注意はおこたらないが、落ち着いている。牧場への私道に達して曲がるまでに、三台のセミトレーラーにしか出会わなかったのも助けになった。

「車に乗ると緊張するんだろう？」

実際のところ、それは質問ではなかったが、彼の洞察力の鋭さをさらに証明するものだった。コリーンは緊張をうまく隠していたつもりだったし、彼が運転中ずっと高速道路を見つめていて、一度もこちらを見なかったと確信していた。

「ええ」コリーンの返事はこわばっていた。

「だったら、はるばるひとりで運転してくるのはさぞ大変だっただろう。すまなかったね、コリーン」

ケイドの声が低くかすれ、コリーンは心を打たれた。彼のほうを見る勇気はなかった。

「いつかは直面せざるをえなかったわ」達観しているように聞こえたといいが。

牧場に着き、車を降りて家の中に入るまで、二人とも無言だった。

牧場にとどまるのは気が進まないとコリーンははっきり言ったが、ケイドは彼女のスーツケースを屋敷の主要部分にいちばん近いベッドルームへ運んでいった。ボウの部屋が隣に、ナニーの部屋が廊下を隔てた向かいに、その隣にエイミーの部屋があった。ケイドの部屋のドアは廊下のいちばん奥にあり、ボウとコリーンの部屋と同じくパティオに面している。

オフィスは別の棟にあって、居間と広い遊戯室もそちらだとケイドは説明した。同じ棟にあと二部屋客用寝室があり、エスメラルダは夫と一緒に牧場内の別の場所に住んでいるとのことだった。

ナニーが子供たちを近くの牧場へ遊びに連れていってしまっていたので、コリーンはがっかりした。昼食までは戻ってこないだろう。明らかに、ケイドはこの事態を予想していなかったらしい。コリーンは昼まで待つのに不安を感じた。ボウに会うのは、それだけで充分心配だったので、どんな反応を示されても対処する用意のあるうちに対面をすませたいと願っていたのだ。

それに加え、彼女はケイドに厄介をかけるのもいやだった。彼女をもてなし続けるほかに、彼にはすることがあってもよさそうなものだ。だが、コリーンは彼と一緒に母屋と牧場を見てまわるのに同意した。運動する必要があったし、暇つぶしになると思ったからだ。感心なことに、ケイドの様子からは、彼女の存在がもっと重要な用事の妨げになっているかもしれないとは、ちらとも感じられなかった。

「昼食のときに子供たちに会える。でも、二人が昼寝をしたあとで、充分時間をかけて、ボウときみが仲直りできるようにしよう」

コリーンは足を速めようとした。彼女のペースに合わせて歩いているケイドが、遅さにいらだっているのではないかと心配したのだ。だが、ケイドは彼女の肘をつかんで、速度を落とさせた。

「ゆっくりでもかまわないよ、コリーン」

彼の手のぬくもりに、一瞬熱いものが彼女の全身を走った。ぞくぞくするような喜びが続き、体の奥深くまで達して震える。コリーンはまったくなじみのない状況におかれ、チャルマーズ牧場が別世界に思われた。

これまでの世界では、コリーンは目に見えない存在だった。他人はただ単に彼女の腕を取ったりしなかった。今では顔なじみになっている医療関係者でさえ、理学療法に必要なやり方で、きわめて客観的に触れるだけだ。

だがケイドの長く固い指は、二人が歩くあいだ、さりげなく彼女の肘に添えられていた。彼がコリーンの肘をつかんだのは、彼女が体に負担がかかるほど速く歩くのをやめさせるためだった。しかし、いったん彼女がペースを落としても、彼は手を離そうとはしなかった。

少しのあいだ、耐えがたいほどの緊張を感じたが、コリーンは無理にリラックスした。でもそのせいで、ケイドの手の感触が生む衝撃がさらに強くなり、喜びがさざなみのように全身に行き渡った。コリーンは家のまわりを見てまわるのに意識を集中し、その場その場でふさわしい質問をした。四十五分近く歩きまわったあと、二人は家に戻った。

ケイドが彼女の肘を離し、代わりに、曲げた自分の腕に彼女の手を置いたとき、コリーンは再び混乱した。彼女の脚が急速に疲れつつあるのを知っているかのように彼がさらにペースを落としたので、コリーンはちらっと彼を見た。

ケイドの横顔はきびしかったが、いらだちは感じられない。彼のいかつい容貌《ようぼう》と、生来のぶっきらぼうな雰囲気がきつい印象をあたえ、本人が思うよりずっと強く、ずっと威圧的に彼を見せているのだとコリーンは思い始めた。無骨で押しの強い性格の裏には、驚くほどのやさしさがある。そのやさしさに自分があまりにも強く引きつけられているのに気づき、コリーンは顔をそむけた。タフで保護本能が強いだけでなく、やさしく思いやりのある男性の魅力はあまりに強烈だ。やすやすと彼女を支える鋼鉄のような腕の力は、激しい感情の揺れと女性としての興奮を引き起こした。

わたしの最大の挑戦は、健康を回復してボウやエイミーとの親密さを取り戻すことでもなければ、二人の人生に一定の立場を認められることでもない。ケイドに恋をしないようにすることだ。

4

ボウとエイミーは昼食までに帰ってこず、そのことにケイドは腹を立てた。ここ数カ月、子供たちはナニーと一緒にしろそうでないにしろ、アンジェラ・ダナーとかなりの時間を過ごしている。アンジェラは昨日も友人の子供と遊ばせるため二人を連れ出していたが、彼は今日からしばらく、子供たちには家にいてもらう予定だということを彼女に伝えてあった。ナニーにもその点をはっきりさせておいたと思ったのだが、コニーはアンジェラにすっかり感化されている。前から気づいてはいたが、たいしたことはせずにきてしまった。やはり、断固とした態度をとるべきだったのだ。

彼は数年前、アンジェラと短期間だけつき合ったが、二人は相性がよくなかった。アンジェラは彼女を溺愛《できあい》する父親に甘やかされ放題で育ったし、ケイドは、常に自分が関心の中心にいないと気がすまないような、手のかかる女性には我慢できなかった。彼の父親はその道をとことん進んで燃えつき、弟のクレイグも父親と同じ道をたどった。

アンジェラは数年前、ケイドと結婚するつもりだと宣言したが、彼は一度も真剣に受けとめなかった。彼女が会いに来たときは、時間があればつき合い、なければ仕事を続けた。彼は牧場を切り盛りしなければならなかったし、今では育てるべき二人の子供もいるのだ。仕事や子育ての邪魔をしない限りは、アンジェラがいてもかまわなかった。この数週間も、彼女が関心を向けてくれたのは子供たちにとってよかったし、二人も彼女を好いている様子だった。

だが今、ケイドはコリーンの手紙や伝言の行方について疑いを持っていた。アンジェラは牧場にちょくちょく現れたし、いるあいだは家を好きに使っていた。届かなかった手紙や伝言に彼女がかかわっていたとしても、格別驚きはしない。だが、もしそうなら許さない。ナニーも、子供たちに関して、再び彼の意思より他人の意思を優先させるようなことがあれば、解雇される危険を冒すことになる。

二人とはあとで話をしよう。彼は今、広いキッチンでコリーンと昼食をとっているところだった。コリーンは疲れきっているように見え、ケイドは強い後ろめたさを感じた。

「きみをくたくたにさせてしまったかな？」

コリーンの青白い頬に赤みが差した。「あまりスタミナがないし、最近戸外で長時間過ごさないから。新鮮な空気を吸ったせいね、きっと」

「午後は帳簿つけをしなければいけないから、きみはその時間を休養にあてるといい」

コリーンは視線を上げて彼と目を合わせ、すぐにそらした。「ありがたいわ。残念ながら、昼寝を必要とするのが現実なの」

ケイドは特に何も言わず、コリーンは、そのうちよくなるわ、という最近では呪文《じゅもん》のようになってきたせりふをのみ込んだ。自分の耳にさえ、中身のない言葉に聞こえることが多い。彼女は回復の遅さにいらだち、その道のりの遠さに、自分が元の体力を取り戻すのは無理ではないかと絶望していた。だが、哀れまれるのはいやだ。彼女は一瞬ケイドを見つめた。いかつい顔はまじめで、きびしい。きびしいというのは、そういう顔つきをしているだけで、やはり態度や考えは外見の半分もきびしくないような気がする。ケイドは彼女にとてもやさしかった。専制的で自分の思いを通したがったが、やさしかった。そのやさしさを利用するつもりだと、彼に思われたくない。

「わたしは重荷になりたくないの、ミスター・チャルマーズ」

「ケイドだ」

「あなたの重荷にも邪魔にもなりたくないけれど、わたしには限界があるわ。そのせいで……迷惑をかけているときは、はっきり言ってほしいの」

めったに見られない笑みが、きりっと結ばれた唇に浮かび、彼の表情をやわらげた。

「ぼくは思っていることは口にするほうだ」

「それでも」コリーンは言い張ったが、不意に彼の瞳がぎらりとしたのを目にして口をつぐんだ。

「哀れまれるのを恐れているんだね。だが、きみには哀れみと同情の違いがわからないのかもしれないな。もしくは、友情との」ケイドはいったん言葉を切った。「杖《つえ》を使っているのがぼくだとしたら？　きみの親切、もしくは礼儀正しさをぼくが哀れみと誤解したら、きみはどんな気がする？」

コリーンは首を左右に振った。「わたしは今ではもっと回復していていいはずだと言いたいの。仮病を使っているような気がするのよ」

「じゃあ、まだ逆立ちができないから、後ろめたく感じているんだね。自分にはその資格がないと考えているから、やさしくされると気まずい思いをするわけだ。ドクター・アマドは、きみのけがの程度を考えると、めざましい回復ぶりだと言っている」

「ドクター・アマドはとても寛大な方よ。あなたの言い方だと、わたしが実質以上に勇敢で立派に聞こえるわ。そんな言い方をしないで」

ケイドは椅子に深くもたれた。「ぼくは自分の好きなように考えるよ、コリーン」

「わたしについては、何も理想化しないで。理想にこたえられないわ」

今やケイドはほんとうにほほ笑み、コリーンの心は女性らしい喜びに震えた。彼に何を伝えようとしていたのか、彼女はよくわからなくなってしまった。

「ぼくが、価値のない女性を理想化してまわるタイプの男に見えるかい？」

「いいえ、でも……」

「もうよしにしよう、コリーン」ケイドの笑みは消え、顔がわずかにこわばった。「ぼくは目にしたものを信じているし、それについて好きなように考える」

彼の目から無理やり視線を引き離すのがどれほどむずかしかったかは、驚くばかりだ。コリーンはケイドに引きつけられずにはいられず、彼の言葉を誤解するのを恐れていた。そのやさしさを別のものと取り違えるのを。もしわたしが、愛を求めるあまり、愛を返してくれるはずもない男性に恋をし、残る一生を彼を思って過ごすような、哀れな女性だとしたら耐えられない。

自分がそうした女性になる可能性のあることにぞっとし、コリーンはテーブルにナプキンを置いて、杖に手を伸ばした。わたしは疲れすぎている。彼に引かれる気持ちや警戒心、この世の終わりの日が来たというような感じはすべてそのせいだ。「もう、失礼してやすむわ」彼女はケイドに告げたが、ひどくあわてた言い方になったのが恥ずかしかった。

「子供たちが戻ってきたら呼んでくれるわよね?」

「ああ」

ケイドの声はぶっきらぼうだった。コリーンは、その口調どおりに彼が機嫌を損じているのか、彼のほうを見て確認する勇気はなかった。彼がわたしの愚かな気持ちを感じ取ったという証拠を目にしたら、わたしは打ちのめされてしまう。ケイドの顔を見ないほうがいい。顔を見ないようにするのは容易だというふりをするほうが、子供たちとかかわりのないレベルでは、彼がわたしの関心を引くことはないという印象をあたえたほうがいい。

コリーンは午前中の長い散歩で、一時的にいつもよりさらに弱った脚でなんとか立ち上がった。そして、ケイドの視線を背中に感じながらも、ぶざまなところを見せずに部屋をあとにした。


「手紙って、なんの手紙?」アンジェラはケイドににっこり笑いかけ、困惑しているとでもいうように軽く眉をひそめてみせた。

肩にかかる長さの金髪、しみひとつない肌に大きなブルーの瞳。アンジェラ・ダナーは目の覚めるような美人だが、うそつきでもある。ケイドはずっと彼女の人格に疑いを持っていたが、今やそれははっきりした形を取り始めていた。アンジェラはコリーンの手紙や伝言を横取りしたのだ。エスメラルダがいつも手紙や伝言を置いていく机の上のトレイから取っていったのだろう。そのことに、彼は激怒した。

感情が少し表に出てしまったらしい。アンジェラが急に狼狽《ろうばい》した顔をした。ケイドの脳裏に、狼狽したときのコリーンの顔が浮かんだ。こまどりの卵のような色をした瞳の中の苦痛や謎《なぞ》めいた影ばかりか、そのほかの表情も稲妻のような速さで再現された。

彼は目の前の、すばらしい、息をのむような美しさを見つめていたが、脳は不意に別種の美しさ、コリーンの美しさに執着した。個性と奥深い感情をそなえているのに内気で、肉体的な限界があってもそれに負けない強さを内面に持つ女性の美しさに。彼に圧倒されるあまり面と向かってうそをつけないかもしれないが、それでいてとてもプライドが高く、人一倍謙虚な女性。コリーンはアンジェラと正反対の存在だ。

「コリーン・ジェームズの手紙と伝言だよ。言い訳があるならするんだな」

アンジェラはケイドの気持ちを知る手がかりを、気持ちを動かす手がかりを探ろうとするように彼の顔を見つめた。そして、どうでもいいことだと言わんばかりにマニキュアをした手を振った。「コリーン・ジェームズは、チャルマーズ一家にもう充分、問題や失意をもたらしたわ。彼女はクレイグが死ぬのを待って、あなたと連絡を取ったのよ。生きているうちは、クレイグが彼女と口をきこうとしなかったから。たぶん、気弱になったあなたをつかまえようと思ったんだわ」

「どういう目的で？」

アンジェラはばかにするような顔でケイドを見た。「ジェームズ姉妹はどちらも無一物だったわ。シャロンは美貌《びぼう》という武器があって、それを使う方法を考えついたのよ。コリーンはボウとエイミーとの絆《きずな》を利用しようと決めたんだと思うわ。今では後遺症を負っているのに、昨日はずうずうしくもここへ現れたのよ。すっかり青白い顔をして、哀れな様子で。実際、彼女の後遺症はどれくらいひどいの？」ケイドに近づき、長い爪の先を彼の顎にすべらせる。声がハスキーになった。「あなたは甘いんだから。ボウやエイミーのときと同様、かわいそうで不器量なコリーンに抵抗できなかったのよ。彼女みたいに臆《おく》病《びょう》なはつかねずみにさえ、それがわかったんだわ」

アンジェラはにっこりして爪先立ち、ケイドの胸の中で静かに燃え上がりつつある怒りに気づかず、彼の首に両腕をまわした。そして、自分の官能的な魅力で彼をとらえたと確信しているかのように、見事な体を押しつけた。

「彼女を追い返して。彼女はトラック会社から巨額の示談金を提示されたと聞いているわ。だから、あなたのお金なしでも暮らしていけるのよ。子供たちにとっても、彼女はいないほうがいいわ。あの子たちの生活は今はここにあるし、二人が必要としているのはあなたよ。それに」自分では真摯《しんし》に見えると思っているに違いない笑みを彼に向けて、アンジェラはつけ加えた。「わたしもあの子たちを愛しているわ」

ケイドは身動きしなかった。その場に釘《くぎ》づけになると同時に嫌悪を感じ、アンジェラの美しい顔を見下ろした。彼女が甘ったるい南部美人風のしゃべり方で口にする前から、次に来る言葉の察しがついた。

「パパはこのあいだも、なぜさっさとここに引っ越してあなたと暮らさないのかってきいたわ。でも、わたしは指輪をもらって式の日が決まるまでおあずけにしているのって答えたの」アンジェラの表情はわざとらしい内気なものに変わった。彼女はケイドのシャツの前身ごろに視線を落とし、指でボタンを次々と上へたどった。

彼女の隠しきれていない笑みを見て、ケイドはアンジェラが彼からのプロポーズを当然のように待っているのがわかった。なぜ彼女が罪を認めた瞬間にほうり出さず、こんなに言いたい放題にさせておいたのだろう。もうたくさんだ。「帰れ」

そっけない命令にアンジェラは驚いて笑みを消し、金髪の頭をさっと上げた。聞き間違えたとでも思ったのか、いぶかるようにケイドを見ている。

「なんですって？」

「パパのところへ帰れよ」

「ケイド？」

「パパに、ここでは決して指輪も結婚式の日も見つからないと言うんだな」

アンジェラはわずかに彼から体を引いた。完璧《かんぺき》な顔が青ざめている。「本気のはずがないわ」慎重にあざけり、ついで、半ばヒステリーを起こしたような、半ば笑うような声をもらした。「ケイド？」

ケイドはシャツの前身ごろに置かれた両手をつかみ、アンジェラを遠ざけた。手を離しても、彼女は放心状態で首を左右に振りながら、その場に立ちつくしていた。

「あなたは本気じゃない。本気のはずがないわ」

「一言一句本気だ。ぼくを試すのはよすんだな」

アンジェラは、今度は自ら一歩後ろに下がった。必死で何か言うことを探している。

「どうするの、ボウとエイミーのことは?」

「きみの心配することじゃない」

アンジェラはショックを吸収するように唇に指を押し当てたが、気を取り直した。いつもの自信たっぷりで傲慢《ごうまん》な女性が、たちどころに復活する。彼女は手を下ろし、握りこぶしを作ると、ぎらぎらした目でケイドをにらみつけた。「今日のことは見過ごすわ。何が起こったのかはっきりわからないけれど、あなたが本気じゃないのは確かだもの。誰もが想像した以上に、クレイグの死に動揺しているのよ。あなたは時間を必要としているだけだわ」

アンジェラが責めを自分の行動からよそへ自動的に転嫁するのを、ケイドは偽りの落ち着きをもって見守った。彼女がまたしても話にクレイグを持ち込んだことに激怒していたが、それを隠し、何も言わずにいた。その態度はアンジェラを怒らせ、結果として、実際に追い立てるよりもずっと効果的に、彼女をオフィスから出ていかせた。アンジェラは玄関のドアを開け放したまま車に乗り込み、砂利と埃《ほこり》を巻き上げてエンジンの音も高く走り去っていった。

旅行用の小さな目覚まし時計の音で、コリーンは昼寝から目を覚ました。二時間以上眠り、驚くほど元気が出たと感じたが、それにも増して興奮していることに気がついた。ボウとエイミーももう戻っているだろう。二人の顔を再び見ることを思うと、希望と同じくらい不安も生まれる。彼女が居間に入っていくと、ケイドが玄関から居間へ足を踏み入れたところだった。

「気分はよくなったかい？」彼は自分の目で確かめるように、コリーンの全身に視線を走らせた。

「ええ、ありがとう」コリーンは落ち着いて礼を言った。「子供たちはもう戻っている？」

「遊戯室にいる。きみが目を覚ましたか、見に行くところだった」

ボウはカーペットの上でダンプカーを走らせ、エイミーはそばの床に座って、小さな手に握った布製の人形の顔をじっくり見ていた。二人とも顔を上げたが、好意的な反応を示したのはエイミーだけだった。エイミーは人形をわきにやり、まっすぐケイドに向かってはいはいしてきた。彼が腰をかがめてエイミーを抱き上げると、彼女の目はコリーンに釘づけになった。

コリーンはエイミーにほほ笑みかけたが、一瞬だけ視線がボウのほうへすべった。ボウは遊ぶのをやめてコリーンのほうを見つめたものの、その場を動こうとしない。ケイドはボウの無反応ぶりを無視し、コリーンを部屋の反対側にあるソファのほうへ導いた。

エイミーはコリーンを指さして、コリーンにはちんぷんかんぷんの言葉でケイドに二言三言話した。彼はその言葉がすっかりわかったかのように答えた。「これはきみの伯母さんのコリーンだよ。こんにちはを言いなさい」

「こんちは」言えたことに気をよくして、エイミーはにっとした。「こんちは！」

「こんにちは」コリーンはほほ笑んで言ったが、のどが詰まったような声になった。事故以来、恥ずかしいほど涙もろくなってしまい、ほほ笑みを絶やさずにいるには持てる力のすべてが必要だった。

ボウはコリーンを見つめ、よそよそしいままだ。エイミーは落ち着かなくてじっとしていられず、手をついてケイドを押しやり、彼の胸から膝へ、さらに膝から床へと慎重にすべり下りた。まっすぐコリーンの杖を目指したが、ケイドがさりげなく手を伸ばし、彼女がいたずらできないように移動させた。

望みをくじかれたエイミーははいはいをやめ、どうしたらいいか考えるように座り込んだあと、自分のおもちゃのほうへはっていった。ボウは一歩も動かず、相変わらずまじめな顔でコリーンを見つめていた。こっちにおいでとケイドに呼ばれると、ダンプカーを拾い上げて体を起こし、しぶしぶといった様子で近づいてくる。彼はソファに座るケイドの隣によじのぼり、背をもたせかけた。

「おい、ぼうず、コリーン伯母さんにこんにちはを言いなさい」

ボウは膝にのせたダンプカーをじっと見ていた。顔も上げなければ、口もきかない。ありがたいことに、ケイドは挨拶《あいさつ》するよう迫る代わりに、今日はアンジェラの家でどんなことをしたのかと尋ねた。

　ボウがその日したことを並べ上げるのにコリーンは耳をすましたが、抑揚のない静かな口調に気分が悪くなった。何かが昨日よりさらに悪くなっている。問題は解決した、誤解は解けたとケイドは確信していた。彼女自身、ボウとの関係がこれほどひどくなってしまっているとは思わなかった。だが、今やこの状況に気づかないふりをするのも、ボウの彼女への反応を拒否以外の何かと解釈するのも不可能だった。

　わたしが子供たちの人生にかかわることについて、ケイドは考えを変えるだろうか？コリーンは心が引き裂かれる思いだったが、彼が再考を余儀なくされたとしても反論できそうになかった。ボウやエイミーといたいのはやまやまだが、そうすることが二人にとって最善ではないというのは充分ありうる。とりわけ、ボウにとって。

　ボウがまじめな顔をして黙り込んでいることに、コリーンはなんとか耐えた。かろうじて耐えられたのは、エイミーのおかげだった。明らかに彼女に心を奪われたエイミーは、コリーンの膝におもちゃを積み上げるとソファの上にのぼり、彼女の腕の中で遊んだ。そのあいだ中、ボウは警戒するように距離をおき、今にも救いに駆けつける必要があるかもしれないというように、妹をじっと見守っていた。

　夕食のときはさらにひどかった。コリーンは自分も食事をとりながら、エイミーにベビーフードを食べさせた。だが、またしてもボウはコリーンのあらゆる動きを警戒の目で見つめていて、彼女は油断なく見守る甥《おい》の目に心配が浮かんでいるのをはっきり見て取った。いくつかやさしく質問してみても、うんとかううんという答えしか返ってこない。

可能な限りの時間を子供たちと過ごしたいという気持ちとは裏腹に、夕食後ナニーがお風呂に入れるために二人を連れに来たとき、コリーンはほっとせずにいられなかった。暖かな夕べの空気を楽しむために、彼女とケイドはパティオへ移動した。キッチンのすぐ外にあるがっしりした木のベンチに二人して腰を下ろした瞬間、コリーンは口を開いた。

「わたしはとりあえずサンアントニオへ戻るべきだと思うの。今夜。ボウにプレッシャーをあたえすぎているわ。わたしがあの子たちにかかわることについて、あなたの気が変わったなら、わたしは……」失意に大きなため息がもれる。目を焼き、鼻をつんとさせる熱い涙をケイドに見られないように、コリーンは顔をそむけた。

「ぼくの気は変わっていないよ、コリーン」

「変えたほうがいいかもしれないわ。ボウは明らかにわたしの存在に動揺している。わたしがエイミーを傷つけはしないかと、はらはらしていたもの。目の中におびえが見て取れたわ」

「動揺するほうがおかしい」

ケイドがボウの気持ちを軽く片づけたことに、コリーンは腹を立てた。「おかしいかおかしくないかなんてどうでもいいわ。あの子は動揺しているのよ。自分の気持ちをどうしようもないのは明らかだわ」彼女は立ち上がった。落ち着かず、取り乱していて、脚の力がさらに弱ったように感じたため、いっそう杖を頼りにする。決意を強調するのに、なぜか立ち上がる必要を感じた。ケイドが座っている一方で自分が立っていると、彼の威圧感がずっと減る気がしたのだ。「今夜サンアントニオに戻らせて。これ以上、ボウを動揺させるつもりはないわ」

「あの子に時間をやれよ」

「時間は充分あげたわ。でも、事態をいっそう悪くしただけだった。あの子をせき立てたくないの」今や、コリーンは苦痛を隠そうと杖の頭をいじっていた。「別のレンタカーを借りると約束してくれたわね。今それを用意して。お願い」

約束を守ってもらうつもりでいるのをわからせようと、コリーンは勇気を出して彼のほうをちらりと見た。ケイドはベンチに背をあずけ、彼女のほてった顔をじっと見ていた。

「きみは運転できるような状態じゃない」

「だったら、迎えに来るよう誰かに電話するか、あなたの雇人のひとりにお金を払って、送ってもらってもいいわ。歩いてでも帰るつもりよ。ボウはさんざんつらい目にあったんだもの。わたしのせいでまた動揺させたくないわ。それから、ナニーに寝かしつけられる前に、わたしがいなくなったとあの子に知らせてくれるかしら。うなされたりしてほしくないの」

「きみの気持ちはどうなる?」

「わたしは大人よ。両親を亡くしたばかりの三歳児じゃないわ。誰かがつらい思いをしなくてはいけないとしたら、わたしであるべきよ。それであの子が安心し、自分と妹は安全なんだという気持ちになるなら、喜んで身代わりになるわ」

ケイドはこれまで同様、じれったくなるほど落ち着いた、まじめな顔で彼女を見つめていたが、その視線は今やレーザーのように鋭くなっていた。「ボウにはきみが必要だ、コリーン」

こみ上げる涙でコリーンの視界はかすんだ。唐突に顔をそむけたためわずかにバランスをくずしたが、支えようとすばやくかたわらに来たケイドの手を押しのけた。ひと粒も涙をこぼすまいと歯をくいしばり、彼女は言葉を発した。「ボウに必要なのはあなたよ。あの子には、愛して大切にしてくれる、安全で穏やかな家庭が必要……」コリーンはおしまいまで言えなかった。波打つ感情を押しとどめたまま話し続けるのは無理だった。彼女はおしまいまで言う代わりに、ケイドのわきを通って家の中に入ろうと、震えながら向きを変えた。

ケイドは彼女の腕をとらえ、放そうとしなかった。

コリーンはぐっと顎を下げ、再び歯をくいしばった。「通してったら。家に帰りたいのよ」

「ひとつ条件がある。これからぼくがきみをサンアントニオへ送っていく。だが、二、三日中に迎えに行くから、そのとき一緒に戻ってくるんだ」

コリーンの口からかすかな泣き声がもれた。それを抑えようとして、彼女はもう少しで息が詰まりそうになった。すすり泣きからケイドの気をそらそうと口答えをする。「条件はひとつじゃなく、二つあったわ」

「ぼくの条件はひとつだ。きみにひとつ、ぼくにひとつさ」

「家に帰らせて。今」果てしない悪夢にとらわれたような感覚がますます強まり、コリーンはささやき声で言った。「もうひとつのほうは約束できないわ」

そのとき、ケイドは彼女が予想もしていなかった行動に出た。彼はなんの警告もなしに、突然、大きくがっしりした体に、やさしくコリーンを引き寄せたのだ。気をつけながらもしっかり抱きしめられたとき、彼女はそれが実際に起こっていることだとは信じられなかった。長年のあいだで初めて、ほんとうのなぐさめを感じていた。

コリーンの震える体からたちまち力が抜けた。彼の体の熱が二人をひとつにとけ合わせているかのようだ。彼女は引きしまったケイドのウエストに腕をまわした。杖がパティオの石だたみの上に倒れた音を耳にしたような気がしたが、不意に、どうしたら、ケイドの固くて強く、やさしい腕の中にずっととどまっていられるかということしか考えられなくなった。

5

サンアントニオまでのドライブは永遠に続くように思われた。疲れきり、コリーンは目を開けているのがやっとだったが、緊張しすぎていて肩の力が抜けなかった。アパートメントのある建物に着くと、なんとか自力で部屋まで歩いていった。

ケイドはスーツケースを運び、ドアの鍵《かぎ》を開けてコリーンをエスコートして中に入った。居間、廊下、バスルームと進みながら明かりのスイッチを入れていき、彼女の示したベッドルームへスーツケースを運び込んだ。

「もうひとつのベッドルームにもベッドがあるのかい?」

コリーンは、ケイドの質問が意味することに気づかず答えた。「あるわ。シャロンや子供たちがこちらに来たときは、その部屋を使ったの」

ケイドが二つ目のベッドルームのドアを開けたので、コリーンは顔をしかめた。そこは今では、シャロンや子供たちをまつった神殿みたいになっている。この部屋のほうが大きいのは、シャロンが子供たちを連れて訪ねてくるときは、三人全員が泊まれるような広さが必要だったからだ。部屋にはダブルベッドと子供用ベッド、それにベビーベッドもある。シャロンは人生の最後の一カ月を、子供たちとこの部屋で暮らしたのだ。

コリーンは居間の肘かけ椅子に腰を下ろした。座った位置から、ケイドが見える。彼は手を伸ばしてベッドルームの明かりをつけたが、室内へ入らずに、戸口に立ったまま中を見つめている。それから、再び手を伸ばして明かりのスイッチを切り、そっとドアを閉めた。

ケイドはその部屋が意味するものを理解したのだ。丁重な態度は無言の敬意を表していた。彼が居間へ戻ってきたので、コリーンはドアまで彼を送って鍵をかけようと、大儀そうに立ち上がった。

「送ってきてくれてありがとう」

黒い瞳に全身を一瞥《いちべつ》され、ケイドにきつく抱きしめられた思い出が、喜びとなってコリーンの体を走り抜けた。彼は六十センチと離れていないところで立ちどまり、決意を秘めた目で彼女を見た。

「きみをひとり残していくつもりはない。寝るのはソファで充分だ」

一拍遅れて、コリーンはケイドの言葉の意味を理解した。「ここに泊まるなんてだめよ」思わずそう言ってしまってから息をのみ、ぶしつけで恩知らずな口のきき方を急いでうめ合わせようとした。「失礼な……口をきくつもりじゃなかったの。疲れているの？」

「疲れてはいないよ。きみは今夜ひとりぼっちでいるべきじゃない」

コリーンは小さく首を左右に振った。「わたしは大丈夫よ」その言葉を裏づけるため、かすかな笑みさえ浮かべてみせる。

ケイドの視線が鋭くなった。「そして、それはうそだ。きみは昨日もうそをついた」

新たなショックを受け、コリーンは自分がよろめくのを感じた。「ついていないわ……いつのこと？」

ケイドの鋭い視線は一瞬も揺るがなかった。「わたしという言葉と大丈夫という言葉を一緒に使うときはいつもだ。そう言うとき、きみは大丈夫どころじゃないんだから」

そうしたうそをケイドが悪く思っているわけではないのは、声にあるやさしい響きや黒い瞳のやわらかな光から明らかだった。

「それはわたしの問題よ、ミスター・チャルマーズ。あなたに心配してもらうことはないわ」

「きみの問題だったんだよ。それに、人は心配したいときに心配する」

その言葉にまごつき、コリーンは目をそらした。ケイドが問題を引き受けようと決意を固めた様子であるのにいらだち、少しおびえていた。ボウのことを考えると、わたしたちには今夜以降、再び顔を合わせる理由はないかもしれない。こんなふうに、彼が突然わたしの人生にかかわってくれてうれしいけれど、今それを許したら、あとになってきっとそのぶんつらい思いをする。この喜びをあまりたっぷり味わってしまうわけにはいかない。わたしのことを気にかけてくれる男性といるのがどれほどすばらしいものかは、はっきり知らずにいるほうがずっといい。ケイドをそばに引きつけておく希望などまったくないのだから。牧場をあとにする前のあの抱擁は、すでに忘れられないものになっている。

コリーンは慎重に彼をはぐらかそうとした。その示し方はどうであれ、彼のやさしさを侮辱したくなかった。言葉を口にしながら、彼女はケイドの顔が見られなかった。「よかれと思ってしてくれているのはわかります、ミスター・チャルマーズ」自分の堅苦しい口調に身がすくみ、それをやわらげようとする。「マッチョマッチョしているけれど、その下のあなたはとても親切でやさしく、気前のいい男性なんだと思うわ」

口は、疲れた脳よりずっと速く動いてしまった。マッチョマッチョしている？　もう、なんてことを言ってしまったの！　コリーンは恥ずかしさに息が詰まり、さっと彼のほうを見た。

ケイドはステットソンを脱ぎ、ソファの端のローテーブルに山を下にして置くと、ゆったりした笑みをコリーンに向けた。「マッチョマッチョしているぼくは、きみのソファの上で充分快適に寝られるよ」

ああ、わたしったら！　だが、この数日間のストレスが新たな形でコリーンをとらえ、屈辱感が引き金となり、狂ったようなくすくす笑いが彼女の口からもれた。笑いを抑えようとさっと口に手を当てたが、笑いの発作は簡単にはおさまらない。「あんな言い方をするつもりじゃなかったの。ほんとうよ」おかしさをこらえようとして、どうすることもできずよろめくうち、脚の力は危険なほど弱った。「あの言葉が出たとき、何を言おうとしていたのかさえ思い出せないわ」

彼女はケイドのきびしい顔に勇敢に目をやり、まじめな顔をしようと再び努力したが不可能だった。

「わたしはちっとも……」またしてもくすくす笑いがもれる。「失礼なことを言うつもりじゃ……ああ、どうしよう、ほんとうにごめんなさい！」

だが、今ではケイドも笑っていた。そして、その変化たるや劇的なものだった。彼はとてもハンサムだ。

「笑うととてもハンサムなのね。あなたの笑い声はとても……」とんでもない言葉がすらすらと口をついて出続けたあと、コリーンはぞっとして口をつぐんだ。真っ赤になったのがわかったが、愚かなにやにや笑いは消せなかった。「ごめんなさい。自分が何を言っているのかさえもうわからないわ」

確かにコリーンにはわからなかったから、くすくす笑いは消え、屈辱の思いは涙に変わった。突然、彼女はケイドの強い腕に抱き上げられていた。

ぬれたまつげに縁取られたコリーンの目を見下ろしたとき、彼の黒い瞳はやさしかった。

「今夜のきみはたいしたコメディアンだね、コリーン。でも、少し眠ったほうがいい」

急に抱き上げられ、コリーンの頭はまだぐるぐるまわっていたが、再びケイドに抱かれるのはとてもすばらしい気分だった。そして今や、彼にベッドルームへ運ばれつつある。感情はくすくす笑いと涙のあいだをシーソーのように激しく上下したが、彼女は自分が泣きだしそうで恐ろしかった。悲しみと憧《あこが》れがくすくす笑いを窒息させ、心は突然みじめさにおぼれていった。ケイドに部屋へ運び入れられたとき、コリーンは言葉を抑えきれなかった。

「お願いだからよして」

「よしてって、何を?」

「わたしの面倒をみないで。お願いだからやめて」

ケイドはぴたりと動きをとめた。彼女を見下ろす黒い瞳には笑いの影もない。「ぼくをとめられるのかい、コリーン?」

「よかれと思ってしてくれているのはわかるわ」

ケイドは腰をかがめ、コリーンをマットレスの端にそっと下ろした。それから体を起こし、杖《つえ》をベッドの隣のナイトテーブルに立てかけて、きびしい表情で彼女を見た。「きみは何もわかっていない」

「いいえ、わかっているわ。エイミーとボウはあなたが大好きよ。あなたがいい人で親切でなかったら……」コリーンは胸が詰まり、言葉を切った。

ケイドは彼女の肩に手を置いて言った。「今夜は、睡眠をとるのがいちばんだ。夜のあいだにいるものがあったら、近くにいるから。目が覚めて寝つけなくなったら、一緒に起きていてあげるよ」

コリーンはほてった頬に、両方のてのひらを押し当てた。涙が出そうでちくちくする目を閉じ、首を左右に振る。「お願い、ケイド、よして。どうしたらいいのかわからなくなってしまうの」

ケイドは彼女の細い肩をつかみ、軽く揺すぶった。声はきびしく、確信に満ちていた。

「ボウはいずれ考えを変えるさ。そうなったとき、あの子にはきみが必要になる」

「当てにできないわ。期待することさえできない」

部屋は長いことしんとしたままだった。今にも涙がこぼれそうで、コリーンはケイドの顔を見上げられなかった。彼の手は肩にかかったままだ。やがて、ケイドの沈黙の重さから怒りを感じ取り、彼女は驚いた。低く響きのいい声にもはっきりと怒りがにじんでいる。

「いったいきみがどうやってここまで回復したのか不思議だ、コリーン・ジェームズ」

コリーンは頬に当てていた手をどけ、ケイドを見た。彼の表情は石のようにこわばっていた。とても情け容赦ない顔つきで、次の言葉も同じくらい情け容赦がなかった。

「なぜきみがあれだけの苦境を乗り越えることができたのかよく考えて、気持ちを強く持つんだ。ぼくは子供を見捨てる女性には我慢ならない、ことに本人が愛していると言っている子供を」

ケイドはコリーンの前にしゃがみ、スニーカーをはいた足に手を伸ばした。マジックテープをきびきびはがしてわきにほうったあと、もう片方の靴も同じように脱がせる。叱《しか》られ、勇気づけられ、コリーンは恥ずかしいほど感情が高ぶった。きびしい瞳で見返す彼と目が合い、衝撃とともに、自分と彼の中の何かが通じ合ったのを悟った。彼は相変わらずコリーンの前にしゃがんだまま、彼女の膝のわきのマットレスに大きなこぶしをついて体を支えている。

「バスルームへ行きたくなったら遠慮なく言うんだ。助けが必要なら、寝巻きを着せることも、ベッドに寝かせることもできると思うよ」ケイドのきびしく結ばれた唇に、かすかな笑みが浮かんだ。「子供たちの面倒をみるようになったから、練習は積んでいる」

小言が終わったので、ケイドの口調はきびきびとして実際的だった。コリーンは手を伸ばし、彼の肩に触れずにいられなかった。その動作は衝動的で彼女らしくなかったが、そうしたいという思いに圧倒されてしまったのだ。

「ここからは自分でできるわ、ありがとう」コリーンは静かに礼を言った。「あなたはもうひとつの部屋を使うといいわ。それか、わたしがあちらで寝て、あなたがこのベッドを使ってもいいけれど」

ケイドは体を起こし、肩に置かれていたコリーンの手をやさしくとらえた。「ソファで充分だ。床でもいい。きみが思うよりずっと、ぼくは地面に寝袋を広げて寝ることに慣れているんだ」

コリーンは彼がソファで寝ると思うといい気がしなかったが、今は疲れすぎていて逆らえなかった。「廊下のクロゼットに、予備の寝具が入っているわ。シャワーを浴びたければ、タオルも」

ケイドはうなずき、彼女の手を放した。「どうもありがとう。おやすみ」

「おやすみなさい」コリーンは彼が部屋を出ていくのを見送った。しばらくののち、ベッドに横たわりながら、彼女は不安と感謝と、どうも愛のように感じられるものとで、胸がどきどきしていた。

次の日の出来事に、コリーンは夢を見ているのだろうかといぶかった。この二日間、心身ともに酷使したことを考えると、驚くほどよく眠れた。

ケイドは彼女がシャワーを浴びているあいだに出かけていき、テイクアウトの朝食を大量に持ち帰った。彼は冷蔵庫や棚に食料品がないと穏やかにコリーンを叱って、朝食のあと彼女を連れて食料品店へ買い物に行った。

彼は十二時少し前に帰っていった。コリーンは居間に座って、やさしく、しかし有無を言わせないやり方で面倒をみてもらったのを思い返していた。午前中、ケイドと過ごして楽しかった。二人はとりたてて特別なことをしたわけではなかったが、きびしい態度にもかかわらず、彼は一緒にいて気持ちのいい相手だった。アパートメントのそここに修繕の手を加えてくれたのも、ほんとうにありがたかった。ほかの人間にとってはささいなことだったかもしれないが、コリーンには違った。

彼女の中の何かが緊張を解き、張りつめていた心が解放された。自分が気にかけてもらっているということをケイドは感じさせてくれ、それはコリーンにとって重要なことだった。

希望の火が再び明るく燃えた。ボウとのあいだもうまくいく、人生もきっとうまくいくわ。わたしは新たな回復の道しるべを通過したのよ。何よりもケイドのおかげで。子供たちが彼を崇拝するのも当然だわ。

その日の午後、コリーンは理学療法を受けに行き、これまでよりきつい運動をもっと頻繁にしたいと頼んだ。理学療法士に治療への取り組み態度が進歩したのをほめられ、落ち込んでいたせいで、過去何カ月も中途半端な取り組み方しかしてこなかったことがなんとなく恥ずかしくなった。

帰り道、コリーンはいつも降りるバス停より二ブロック前でバスを降り、家まで歩く距離を伸ばした。帰り着いたときは疲れきっていたが、その疲労をいい兆候だと考えた。今日は疲れるだけのことをしたのだ。来週は、疲労感も足もとのおぼつかなさもずっと減るだろう。そのまた次の週には、さらに体力がついているかもしれない。今や彼女は、自分を駆り立て、完全回復を目指してできる限りがんばろうという思いでいっぱいだった。

コリーンはゆっくりシャワーを浴び、サンドイッチを作った。夕方のニュースを見ながら眠り込んでしまったが、玄関ロビーからのブザーの音で目を覚まし、ぎくしゃくと立ち上がってインターフォンのところへ行った。

「きみに話があるんだ、コリーン」

驚きと喜びに興奮が全身を走る。コリーンはブザーを押して玄関ロビーのドアを開け、彼を中に入れた。シャワーを浴びたあとムースをつけておいてよかったと思いながら、あわてて指で髪をくしけずる。廊下に響くブーツの重たい足音を耳にしてドアを開けた。

ケイドはフォーマルな服装ではなかったが、なぜかフォーマルに見えた。ジーンズと白いシャツを身につけ、黒いジャケットをはおり、貝形をした銀の飾りがついたループタイをしている。彼は黒いステットソンを脱ぎ、正式に招き入れられるのを待った。

その形式張った様子に、コリーンの体を今度は恐怖の震えが走った。重大な用がなくて、ケイドがわざわざサンアントニオまでこれだけ早く戻ってくると考えるなんて愚かだった。そして、この距離を運転してくるほどの重大な理由といったら、子供たちに何かあったということしか考えられない。

「中に入って。ボウとエイミーは大丈夫?」

「二人とも元気にしているよ」

ほっとして、彼女の不安はおさまったが、ケイドがあまりまじめな顔をしているので、新たな心配が芽を吹いた。彼は体をこわばらせて目の前に立っていて、コリーンは急に気恥ずかしくなった。「座ってちょうだい。何か飲み物は?」

「ぼくはいい、ありがとう」だが、ケイドは座ろうとせず、コリーンの背後の、小さなパティオに続くスライディングドアを顎で示した。「夕方の空気は暖かいが、気持ちいい。外に座るのはいやかな?」

意外なことに、彼が何かを不安に感じているのがコリーンにはわかった。

「外のほうが落ち着くというなら……」

ケイドがすばやく投げてよこした鋭い視線に、彼女は口をつぐんだ。コリーンは先に立ってスライディングドアのほうへ向かったが、ケイドが横から手を伸ばしてドアを開けた。パティオに出ると、彼はスライディングドアを閉め、二人はベンチに腰を下ろした。

ケイドは身を乗り出し、固い両腿に腕をのせたまま、手にしたステットソンを少しずつ回転させた。

コリーンはベンチに深く腰をかけ、ケイドの横顔を見つめた。彼はアパートメントの建物と隣の建物のあいだにある、影の落ちた芝生を見渡している。彼がいつまでも黙っているので、コリーンは落ち着かなくなった。謎《なぞ》めいた緊張感が漂い、彼女は、ケイドがこちらに対する考えを変えたのではないかと、たちまち不安になった。「悪いニュースなら、はっきり言ってくれたほうがいいわ」コリーンは静かな声で言い、息を詰めた。

ケイドはちらりと彼女のほうを見た。黒い瞳で顔全体を眺めまわし、視線を下げていったかと思うと、唐突に目をそらす。「悪いニュースじゃない」本人もそうとは納得していないような言い方だった。

だから、コリーンもほんとうには緊張が解けなかった。先を続けるよう促すこともできない。ケイドが何か思い悩んでいるのは明らかだった。ついに口を開いたとき、彼の声は低く、落ち着いていたが、先ほどと同じかすかな緊張が感じられた。

「きみには特別な男性がいるのかな？　一緒に人生設計したいと思っているような……誰かが」

それは驚くべき質問だった。誰かにそんなことを尋ねられようとは。どう見ても、彼女には特別な相手などいそうにない。誰にでもわかる。一度もデートをしたことがなく、キスされたことすらない。事故にあう前でさえそうなのだ。

彼女の声は静かだった。「わたしは、たいていの男性が土曜の夜の計画を立てるとき、最初に思い浮かべる女性ではないとだけ言っておきましょうか。一度も……デートをしたことがないの」

ケイドは完全にコリーンの話に集中していた。少し深く座り直して彼女を見つめ、黒い眉をひそめる。「いったいどうしてなんだ」

彼の反応に、コリーンの心はひそかな喜びでいっぱいになった。口調はぶっきらぼうだったが、たった今彼が口にした言葉は、男性がこれまで彼女に言ってくれたなかで最高にすてきな言葉だった。

「あなたには目がついているでしょう、ミスター・チャルマーズ」

黒い瞳に鋭く観察され、コリーンは面くらった。すぐにケイドの視線は彼女の胸へと下がり、全身をゆっくりと品定めした。コリーンはこんなふうに男性に見られたことは一度もなく、とっさに自分の体をおおい隠したくなった。だが、そこでまた彼の視線が上がってきて、瞳の奥深くまで貫くように彼女を見た。

「もう少し体重が増えて、髪が今より長くなるといいが、ぼくには申し分なく見えるね。とてもいい」

コリーンは目を見張った。あまりのショックに世界が震え、ぐるぐるまわるのを感じる。少しして、やっと息をすることを思い出した。ケイドの言葉はとても説得力があった。

彼は顔をそむけ、再び身を乗り出して腿に腕をのせて、影の落ちた芝生のほうを見つめた。「唐突な話になるが、きみに考えてみてほしいことがあるんだ」

突然話題を変えられ、コリーンは話に追いつくために頭の中で駆け足をした。

「ボウとエイミーには愛してくれる母親と父親が必要だ。生活を安定させ、ちゃんと育ててやれる二親が」

コリーンは即座に、いちばん自然な結論に飛びついた。ケイドは結婚するつもりなのだ。たった今、本気に聞こえるすてきな言葉を贈ってくれたばかりの男性。彼が結婚すると思うだけで胸が痛むのは、謎でもなんでもない。当然のことながら、彼は女性にもてるだろう。それに〝申し分なく見える〟と言ってくれるただひとりの男性が、結婚のような神聖ですばらしい関係を結ぶ相手にわたしを選ぶことなどありえない。コリーンは、ステットソンのへこんだ部分をいじる、ケイドの大きな手をじっと見つめた。

「きみにショックをあたえることになると思う」ケイドは双方に心の準備の時間をあたえるかのように、ステットソンのつばを持って二、三度ゆっくりとまわした。口を開いたとき、彼の声は低くざらつき、ほとんどしゃがれていた。「ぼくは決して結婚しないつもりだった。感傷的なたぐいの愛を信じていないし、クレイグに子供が生まれてからはチャルマーズ家の後継ぎの心配もしなくてよかった。だから、ある種の欲求を満たすためにデートをするほかは、女性を相手にする理由もなかった。父やクレイグが結果的に味わった惨憺《さんたん》たる思いをするだけの価値を、結婚に見いだせなかったんだ」

ステットソンがケイドの手の中でまた数回まわり、コリーンは自分の落ち着きのない鼓動を静めようとした。ケイドの結婚観は驚きだった。

「結婚に対する考えを、ぼくは今日変えた。子供たちには安定が、当たり前の生活が必要だ。きみはぼく同様あの子たちを愛しているし、ぼくたちは二人にその当たり前の生活をあたえられると思う」

コリーンは次に何が起こるのかわかった。わかっていたが信じられなかった。ケイドがぶっきらぼうな口調で容赦なく言葉を続けるあいだ、彼女は震える手を伸ばし、ベンチの肘かけをつかんだ。

「ボウの気持ちはそのうち変わる。エイミーはきみになついている。二人は、また母親と父親を持てるんだ。ただ、今度は前よりずっと大人で落ち着いた両親を。それが、あの子たちがこうむった害をうめ合わせるかもしれない。失ったものが、二人の今後に悪い影響をあたえるのを防げるかもしれない」

コリーンは頭がぼうっとし始めた。ケイドはベンチに深く腰をかけ、彼女の血の気のない顔を見た。

「ぼくたちは結婚すべきだと思うんだ、コリーン」

彼女はどきりとした。ケイドは相変わらず鋼鉄のような落ち着きをたもっていたが、コリーンは気が遠くなりそうだった。動くことも、口をきくこともできず、脈が重苦しく打ち始める。これは夢に違いないわ。わたしたちは互いのことをほとんど知らないのだから、そこに愛は存在しない。そして、互いに相手のことをほとんど知らなくて、どうして結婚を考えられるかしら？

ケイドはステットソンをかたわらに置いて立ち上がった。コリーンの前にしゃがみ、冷たい手を取る。彼女の手はケイドの大きな手にすっぽりと包み込まれた。

「あからさますぎたかな？」一文字に結ばれた彼の唇が、やさしいカーブを描いた。「大丈夫かい？」

コリーンはなんとか口をきいた。「わたし……思ってもみなくて……」

ケイドの手に温かな力がこもった。

「子供たちには両親が必要だよ、コリーン。四六時中は一緒にいられない伯父や、ときどき訪れる伯母だけでなく」

「わたしたちは互いのことをほとんど知らないわ。それに、ボウは……」

「ぼくはきみについてわかっていることに満足している。きみの性格を知っているし、高く評価している。何より大きかったのは、きみが子供たちといるためならどんなことでも喜んでしようとしたばかりか、そうするのが二人にとっていちばんだと思えば、そのまま歩き去るのもいとわなかったことだ。きみにとってぼくは、あの子たちに対する権利に関係のないところでは、意味のない存在のはずだ」

どうしてそれで充分だといえるの？　わたしのことだって、ケイドはすでに誤解している。わたしは彼を気にかけている。気にかけすぎるほどに。彼がわたしを知っていると思っている程度にしか、わたしも彼を知らないけれど。その気持ちをうまく伝える方法はないものかとコリーンが思っているうちに、ケイドは言葉を続けた。

「ぼくを、金づるかトロフィーのように見る女性にはあきあきだ。だが、きみは、ぼくが子供たちへの窓口になっていなければ、ぼくのことなど見向きもしないだろう。そこから、ぼくが同感もし評価もするきみの優先順位がわかる。子供たちがまず最初にくるんだ」

コリーンは彼の大きな手を見下ろした。まだ口がきけず、それでいて彼へのほんとうの気持ちを隠しているような気がして、後ろめたさから落ち着かない。ケイドは間違っているわ、とても間違っている。わたしは彼が望めばいつでも注意を向けるわ。でも、いったいどうしてこの申し込みを断れるというの？　これほど強く引かれる男性からプロポーズをされるなんて、甘美な空想が現実になったも同然なのに。すでに相手に恋しているかもしれないならなおさらだ。しかも、自分の手でボウとエイミーを育てられるようになるのよ。結婚することも子供を持つことも現実的な見込みのない女性にとって、これは一生に一度のチャンスだわ。でも、子供たちは別として、ここに愛は存在しない。少なくとも、ケイドのがわには、今はまだ。

彼に愛されなくても耐えられる？　それが、ボウとエイミーにどう影響するかしら。ケイドが決してわたしを愛せなかったら？　彼は結婚を続けたがるかしら。それとも、二人の結婚は、わたしの両親の結婚生活のように悪夢で終わるの？

沈黙がながながと続いている。ケイドが持つわたしの印象を訂正しなければ。プロポーズを丁寧に断るべきだわ。だが、コリーンはプロポーズを断ることも、愛のない結婚をして、彼や子供たちとの生活を始めるという考えに強く反対することもできなかった。

「わたしたちには……愛がないわ。二人とも子供たちを愛しているのはわかっているけれど、わたしたちのあいだにあるのはたぶん友情だけだわ」

「友情はいいきっかけになるよ、コリーン」ケイドの口は真一文字に結ばれ、表情はすっかり真剣だった。「感傷的なたぐいの愛は信じないと言ったが、その点については考えを変えていない。だから、愛を信頼性だと見なしている。ぼくはきみに思いやりと尊敬と献身をあたえられる。責任と友情、欲望と親愛の情を提供できる。愛よりずっと頼りになるものだ」

「では、それらを愛の一部とは思わないのね？」

「めったにね」ケイドのきびしい顔には今や敵意めいたものが見られ、それはいささか彼女を不安にした。「ぼくの父は、少しの価値もない女に夢中になった。クレイグはシャロンに夢中になり、きみもぼくも二人の結婚がどうなったか知っている。ぼくはほかにも悪夢のような結婚を目にしてきた。多すぎるくらい」

コリーンは愛に対するケイドの荒れた偏見に反論せずにいられなかった。「クレイグとシャロンのあいだにあったものが、ほんとうの愛だと思ったことは一度もないわ。少なくとも……正常なものだとは」

彼女は落ち着いた口調でケイドに告げた。だが、彼の頬に濃い赤みが差し、その意見に対し、一瞬、彼が強く反発するのを感じた。

「歴史を繰り返させるつもりはない。ぼくはきみに、良識に基づいた結婚を申し出ているんだ。だが焦点は、子供たち自身と、彼らを安定した家庭で育てることにある。何もその邪魔はできない」

ケイドの指にやさしく力がこもり、コリーンは心を乱されて大きな手を見下ろした。彼が突きつけているのはとてもきびしい選択だったし、何がなんでも愛を信じないというその姿勢は、彼女にとってはさらなるショックだった。ボウやエイミーを愛し、コリーンにはやさしさを示すにもかかわらず、彼がそれほど強く愛を否定するのが理解できなかった。

両親やシャロンの結婚生活の悲しい目撃者である自身の歴史を考えれば、彼女もケイドと同じように感じてもおかしくなかった。ところが、そうした苦い結婚生活は、コリーンに本物の愛と偽物の愛の違いをはっきりわからせた。彼女は、運よくそういう出会いに恵まれたなら、すぐにその愛が本物だとわかると確信していた。だから、ケイドが愛を考えに入れていないという事実は大きな失望だった。

彼はいつか気持ちを変えることがあるかしら。残念だけど、わたしのために考え方を変えようなどという男性はおそらくいないわ。わたしは説得力豊かな人間でもない。これからどうしたらいいの？　何ができるかしら。賢い選択は、ボウとの関係がどうなるにしても、今ここでケイドのプロポーズを断ることだ。

だが、これ以上いい申し出を受けることは二度とないかもしれないと、コリーンはすでにわかっていた。彼女の心は、決断を下す重みに震え始めた。

6

ケイドは不意に、コリーンへのプロポーズの仕方を後悔した。自分の愛の見方がコリーンを不安にしたのも、それが彼女の気持ちを傷つけただろうということもわかった。コリーンのような女性は純真で男性経験がないから、ロマンチックな考えや希望でいっぱいなのだ。彼女は、さんざん苦労してきたし、いい思いをするのが当然というたぐいの女性だ。

彼はコリーンにいい思いをさせるつもりだった。そのひとつは、彼女が子供たちの身近にいて、彼と一緒に二人を育てられることだ。大切にされていると感じるように、物質的になんの不自由もさせない。やさしく思いやりのある夫になって、コリーンに最高のものをあたえよう。そうすれば、愛しているなどといった甘い言葉をまったく口にしなくても、彼女は気づかないだろう。ほかのすべてにおいてぼくは彼女を満足させる、必ずそうなるようにするのだ。コリーンはぼくの心の片隅をしめるだろう――いや、すでにしめている。ぼくは彼女が好きなのだから――だが、ぼくにばかを見させるほどではない。彼はどの女性にもそんな力をあたえるつもりはなかった、コリーンにさえも。

今の話はフェアな警告だったのだ。だから、後悔すべきではない。彼は計画したとおりに、二人の関係をスタートさせるつもりだった。自分の結婚の進め方として許せる唯一の方法、はっきり境界線を示した良識ある結婚によって。

そのときコリーンが顔を上げ、ケイドは彼女の瞳の中の悲しみと謎《なぞ》めいた思いに再び打たれた。今やそこには不安も浮かんでいた。「あなたは、この話を考えてみてほしいと言ったわね。考えてみるわ。でも、ボウのことがまだ……解決していないのよ。それに……」コリーンは言いかけ、口をつぐんだ。「わたしにはいろいろ……限界があるし」

「たとえばどんな?」ケイドには、彼女がその話題を持ち出すとわかっていた。これもまた、彼が結婚する気になった理由の一部だった。コリーンはいつも、知るのがフェアだと思うことはすべて彼に告げる決心をしているようだったからだ。

「今は、活発な子供たちについていけないわ。けがが完全に回復するには時間がかかるうえ、それがいつになるかもはっきり言えない。百パーセントは回復しない可能性さえあるのよ。まだ複雑な計算はできないし、前よりずっと涙もろくなっているし、今のところ靴の紐《ひも》さえ結べない。こうしたことがなおるかは、とりわけ保証できないわ。それに……傷あとがあるの」コリーンはわずかにケイドから視線をそらしたあと、無理に戻した。「たくさん」

ケイドは瞳に浮かんだ不安の色から、彼女がそうしたことをとても心配していて、彼女にはそのすべてを告白するのが重要なのだとわかった。不備な面を並べ立てれば、こちらの気持ちが変わるかもしれないとでも思っているかのようだ。

　ケイドはコリーンが彼をそれほど浅薄な人間と考えたことに気を悪くするべきだったが、その危険を冒しても正直でいようとする彼女の姿勢に心を打たれた。奇妙なぬくもりが胸の中に生まれ、彼はコリーンの手をぎゅっと握った。

「ナニーがいるから、きみは四六時中、子供の面倒をみる必要はないし、計算には計算ソフトを使えばいい。うちではみんなブーツかマジックテープつきの靴をはいている。それに、ぼくも傷あとがあるよ、コリーン。たくさん」ずらずらと並べ上げると、期待どおり彼女はかすかな笑みを浮かべた。「感情はどうかって？　マッチョマッチョしていても扱えると思うよ」ケイドは努めて気軽な言い方をしておかしそうに笑い、マッチョマッチョしているという彼女の言葉を、今もおもしろがっているのを示した。「ぼくも感情の一つや二つ、持ってるからね」

　彼はコリーンの頬が赤く染まるのを楽しげに眺めた。やさしくからかって、ほほ笑ませようとしているのがわかったのだろう。ケイドはコリーンが緊張を解いたのを感じたが、彼女はその話題をおしまいにしたわけではなかった。

「今は、前より……かんしゃくを起こすし、すぐ泣きたくなるわ。以前よりずっと」

「ぼくや子供たちを操るために涙を武器にしたり、子供たちに当たり散らしたりしない限り問題はないさ。ほかに何かあるかな?」

「ありがとう」コリーンは低い声で言った。「今の話を考えてみるわ。でも、わたしたちはボウの気持ちが落ち着くのを待たなくては」

ケイドは立ち上がり、取っていた手を引いて彼女も一緒に立ち上がらせた。杖《つえ》に手を伸ばし、コリーンがしっかり握るまで待ってから彼女を放す。一緒に家の中へ入ってパティオのドアをロックし、彼女の肘を取ると、玄関ホールまで一緒に歩いた。

この結婚には肉体的な面がふくまれるということを、コリーンにただちに知らせるべきだ。彼女はきっとバージンだし、こちらはできるだけ早く式をあげる計画でいるから、彼女は二人の関係の性的な面に慣れる必要がある。それを今から始めよう。

コリーンはドアのところで立ちどまった。二人のあいだの緊張は、ケイドが彼女のほうを向いて片手をウエストにすべらせたとき、いっきに高まった。コリーンはちらりと彼を見上げ、決然とした表情を目にした。

「ボウの心配はしてほしくない。きみに考えてほしいのは、ぼくとの結婚についてだ」

ケイドに引き寄せられ、コリーンは彼をとめようと片手を上げたが、その手をどこについたものか、そもそも彼に触れるべきか決めかね、きびしい顔を警戒するように見つめた。突然、次に何が起こるかわかった。脚の力が抜け、胸の鼓動が乱れる。後ろに下がろうとしたが、ケイドが手に力をこめてそれをはばんだ。

「ぼくらは子供たちのために結婚する。だが、ぼくは互いに肉体関係なしで暮らすことは考えていない」そう言って彼は身をかがめ、しっかりコリーンの唇に唇を重ねた。彼女は思わず声をあげ、反射的に体を引いたが、すぐにケイドにつかまえられた。

彼の唇は温かく確信に満ち、豊富な経験を感じさせた。コリーンは一瞬自意識に駆られたが、すぐにケイドがそれを払いのけた。あとになって彼女は、自分がいつ震える手を上げて杖を放したのか思い出せなかった。気がつくと必死にケイドにしがみついていて、ほとんど同時に脚の力が抜けたが、彼がちゃんと支えてくれた。

ケイドのキス――彼女の初めてのキス――は、誘惑に満ちたレッスンで、彼の舌が唇のあいだにそっと入ってきたとき、コリーンはその感覚に気を失いかけた。痛む体は急に軽くなってぞくぞくし、大胆で官能的な口づけが、強烈で電撃的な熱気を全身に走らせる。あまりにもすぐ、重なっていたケイドの唇の圧力は減り始めた。だが、喜びにおぼれていた彼女にはなすすべがなかった。ケイドがゆっくり体を離したとき、コリーンは彼の固い腕をきつくつかんでいた。たとえ自分の命が懸かっていたとしても、ひと言も口をきくことはできなかっただろう。ケイドに脳をショートさせられて、何も考えられなくなってしまったかのようだった。

コリーンは自分の脚でなんとか立とうとした。ようやく彼の支えなしに立てるようになったとき、それまでの呆然《ぼうぜん》自失状態が解け、顔が真っ赤になっているのに気づいた。勇気をふるってケイドを見上げると、その顔に熱烈な感情が浮かんでいたので驚いたが、それも彼のきびしい唇が満足したようなカーブを描くのを目にするまでのことだった。

ケイドの声はかすれていた。「今のことも考えてみてくれ、コリーン」

それは、自分の性的魅力に自信を持ち、狙《ねら》いを定めた女性にあたえた衝撃のほどをはっきり承知している、経験豊富な男性の言葉だった。コリーンはケイドの中に男性の傲慢《ごうまん》さを見て取った。気を悪くするべきだったが、あのようなキスのあとでは、彼がそうした傲慢さを見せても当然だとしか思えない。キスがあれほど強烈で、あれほどすばらしいものだったなんて。

彼は笑顔でコリーンを見下ろした。「ぐっすりおやすみ、ベイビー。明日、子供たちを連れてくる」

ベイビー。かすれた声で口にされた親愛の言葉には、わがもの顔の響きがあった。あからさまな独占欲が表れていた。

ケイドは杖を拾い上げ、震える手に握らせた。コリーンは顔が熱せられた仮面にでもなったような気がしたが、懸命に落ち着きを装おうとした。

「おやすみ」ケイドはドアをしっかり閉め、心乱れる彼女をあとに残して帰っていった。

感傷的なたぐいの愛は信じない……愛を信頼性だと見なしている……。

ケイドがそう言ったとき、コリーンは彼の意味することがわかった気がした。だが、今それらの言葉について考えると、とても混乱する。

次の日、コリーンはケイドを迎える心の準備に努めた。彼は子供たちを連れてくることになっていたが、時間は言わなかった。

ケイドは十一時ごろ子供たちと一緒に現れた。奇跡ともいうべきことを成しとげて。部屋に入ってくるとき、ボウは恥ずかしそうにしていたものの、コリーンを見る目にいつもの警戒の色が浮かんでいなかったのだ。

ボウの頭の上には、やさしく彼をリードし、それとなく行動を抑えるようなケイドの手が置かれていた。その手がどかされた瞬間、ボウは持っていたおむつを入れた大きなバッグを下ろし、居間の反対側の廊下の奥にある、母親や妹と一緒に寝ていたベッドルームのほうへ駆けていった。その慣れ親しんだ様子に、コリーンは希望を抱いた。

彼女は、心配そうな目をすばやくケイドに向けた。彼はまだエイミーを抱いたままで、おむつを入れたもうひとつのバッグを肩にかけている。それから判断して、彼はこれが長時間の訪問になるのを予測しているのだ。

「心配いらない。ボウのことは大丈夫だと言っただろう」

コリーンはボウのあとを追ってベッドルームに行きたいという衝動に駆られたが、彼にプレッシャーをあたえるのはさけたかった。見られて困るものなどないのだから、好きにさせてあげよう。

エイミーは小さな片腕をケイドの首にまわし、もう片方の手の指を口に入れている。コリーンがほほ笑みかけると、指を口に入れたまま、にっこりしてみせた。注目を浴びるのがうれしいらしく、それを証明するようにぬれた指を口から出し、小さな笑い声をたてる。

「こんちは！」

コリーンは驚きのくすくす笑いがこぼれるのを抑えきれなかった。エイミーに手を差し伸べ、ぬれた指をとらえた。「こんにちは、ちびちゃん」

エイミーがさっと両手を伸ばしてきて、コリーンは急にもどかしさを感じた。エイミーを安全に腕に抱き取り、そのまま自分の足で立っているのは不可能だったからだ。

ケイドがすばやく口をはさんだ。「どこかに座るといい」

コリーンはソファのところへ行き、中央のクッションに腰を下ろした。杖をわきに置き、ケイドからエイミーを受け取ろうと手を伸ばす。

エイミーはコリーンにしがみつき、両腕を彼女の首にまわした。コリーンは小さな膝やサンダルの爪先が脚のつけ根に当たって痛むのもかまわず、きつくエイミーを抱きしめた。純粋な喜びの涙がにじみ、抱擁をほどいたときにエイミーが気づかないように、片手で涙をぬぐう。だが、エイミーは抱きつくのをやめず、膝と爪先を突き立てて体を動かし、楽な姿勢でコリーンに寄りかかろうとする。ベビー用シャンプーとパウダーの香りにうっとりし、コリーンはエイミーのふわふわした黒髪に何度か唇を押しつけた。そして、ずっとそこに立っていたケイドを、今にも泣きだしそうな顔で見上げた。「ありがとう」

エイミーの小さな膝とサンダルが、コリーンの脚にがっちりのっているのに気づき、ケイドはしわがれた声で尋ねた。「痛くないかい？」

「かまわないわ。もう少ししたらこの子を下ろすから」コリーンが息を切らせて答えたので、ケイドは隣に座り、エイミーの脚をそっと動かしてコリーンの左腿をはさませるようにした。エイミーは頭を持ち上げてケイドのほうを見たあと、再び満足げにコリーンに寄りかかった。彼女の胸に頭をあずけて、また指をしゃぶり始める。

コリーンは昨夜のキスを思ってはにかんだりはしなかった。エイミーを抱きながら、彼女はケイドのいかめしい顔をじっくり観察した。この人が故意にわたしを傷つけることは決してないわ。彼はそんなことができる人じゃない。愛を信じていないかもしれないけれど、わたしをボウやエイミーと再び結びつけようとする彼の努力が愛でなかったら、わたしには愛というものがまったくわからない。

ケイドはソファの背にゆったりもたれた。肩と膝がコリーンに触れるほどそばに座っている。「ボウとぼくは昨日話をして、今日も朝食のときにさらに話した。長くて、複雑な話だが、要するに、誰かがあの子に間違ったことを言ったんだ。今はもう正してあるけどね。いったんあの部屋を見れば、いろいろなことがよみがえってきて、あの子も考えを変えるさ」

コリーンは話しているケイドの落ち着いた顔を見つめ、彼への愛情がつのるのを感じた。彼が自分たちにできる最善のことを子供たちにするつもりでいるのはわかったが、プロポーズまでする必要はないように思えた。彼は子供たちのために自分を犠牲にしようとしている。愛してもいない女性に結婚を申し込み、愛するようになるかもしれない女性と出会う機会を逃そうとしているのだ。

「ボウとのあいだがどうなっても、あなたの気持ちが変わったらプロポーズを取り消していいのよ」コリーンは静かに言った。ケイドに逃げ道をあたえなくては。彼のようないい人には、自分がほんとうは何を望んでいるのかを考え直す機会があたえられるべきだ。

「ぼくの気持ちは決まっている」

彼のそっけない答えにコリーンはうつむき、エイミーにまわした腕に力をこめた。腕に抱いたエイミーの温かな重みと、ブラウスをつかむ小さなこぶしを感じるのはとてもすばらしい気分だ。まるで天国にいるみたいに。だが、その天国はまだ完璧《かんぺき》ではなかった。ベッドルームからはほとんどなんの音も聞こえてこない。ボウは何をしているのだろう?

同じことを思ったように、ケイドが立ち上がった。静かすぎると言って大股に廊下を歩いていき、シャロンの使っていた部屋の戸口で足をとめる。彼はしばらく見守っていたが、やがてボウに声をかけた。「そこにあるおもちゃをいくつか、こっちへ持ってきたらどうだい」

居間へ引き返した彼がコリーンのそばに再び腰を下ろすか下ろさないかのうちに、ボウはベッドルームから出てきた。お母さんあひると赤ちゃんあひるを太い紐で引いて歩くおもちゃを、慎重に引いている。があがあというあひるの鳴き声にエイミーは体を起こし、兄のお気に入りのおもちゃに関心を向けた。

それが何か見た瞬間、エイミーは手をついてコリーンから離れ、ソファの端へとすべり下りた。さらに床まで下りると、あひるたちのところへ行こうと猛スピードではっていった。ボウはエイミーが向かってくるのを見ると、数珠つなぎになったあひるたちを、妹のまわりをぐるっと大きな円を描いて引きまわしたあと、向きを変えて、妹が簡単に手の届くところへ引いていった。ボウがしゃがんで妹に紐を渡すのを見て、コリーンは胸が詰まるのを感じた。

「コリーン伯母ちゃんがこれを買ってくれたんだ。紐を食べちゃだめだよ」

そしてもちろん、エイミーが最初にしたのは、兄が大切にしているおもちゃの紐を口に入れることだった。ボウは妹の小さなこぶしをつかんで口から引き離したが、手を放された瞬間、エイミーはまた紐を口に持っていった。

コリーンは二人が一緒にいる美しい光景に感動するあまり、にじむ涙と格闘しなくてはならなかった。

「ほら、エイミー」ボウは妹の気をそらし、紐を口に入れるのをやめさせようとした。彼はあひるたちを引き寄せ、エイミーの足もとでとめた。

エイミーは見事に興味をそらされた。身を乗り出して一羽の赤ちゃんあひるをつかみ、勝ち誇ったように残りの全部を引き寄せる。だが、最後尾の赤ちゃんあひるに目をとめた瞬間、それに手を伸ばし、口に入れようと、ほかのあひるもろとも引っ張り上げた。

ボウはうんざりしたような目つきでケイドのほうを見た。「ケイド伯父ちゃん、エイミーはおもちゃをよだれだらけにするのをやめないんだよ！」

ケイドはとっくに笑いだしていた。その温かく男性的な笑い声は、コリーンの心を包み込んだ。彼はコリーンの肩に腕をまわし、彼女をぴったり自分のわきに抱き寄せた。

「好きにさせておくさ。あとで一緒に乾かそう」

ボウはケイドを見ていたが、その視線はコリーンへ移り、じっと彼女にそそがれた。コリーンは息を詰め、かすかな笑みを浮かべて、やさしい口調で言ってみた。「ベビーベッドにおしゃぶりがあるわ、ボウ。それならエイミーにあげても大丈夫よ。でも、まず、バスルームの洗面台ですすいだほうがいいわね」

ボウは即座に立ち上がって、ベッドルームへ駆けていった。それからすぐに廊下を横切り、バスルームに入る。ついで、がたんという大きな音がした。

コリーンはほほ笑んだ。あの音は木の踏み台を置く音で、あれがないとボウは洗面台に届かないのだ。

「お湯に気をつけるのよ」反射的に呼びかけたあと、コリーンは全身に震えが走った。ボウがここで暮らしていた短い月日に、何度同じことを注意しただろう。感傷がどっとこみ上げてきて、目がちくちくした。

ボウはバスルームから駆け戻ってきた。「伯母ちゃん、まだぼくのお風呂のおもちゃを取っておいてくれたんだね！」おしゃぶりと一緒に、ゴム製の恐竜を小わきにかかえるその顔は明るく、にこにこしている。ボウはまっすぐコリーンのところへやってきてソファに上がり、隣で膝立ちした。妹におしゃぶりを渡すのをすっかり忘れている。「ケイド伯父ちゃん！　これ、ぼくのロッキーだよ。一緒にお風呂に入るんだ」おしゃぶりを落とし、小さな両手で恐竜の大きなおなかをはさんでぎゅっと押すと、ぎゅるぎゅると大きな音がし、ボウは声をたてて笑った。「今は乾いちゃってるから、ロッキーは大きな音を出すんだ」

エイミーもその音を聞きつけ、あひるを捨てて、音の正体を突きとめようとソファのところへやってきた。コリーンのジーンズをぎゅっとつかんで立ち上がり、膝にのぼろうとする。コリーンがすぐには抱き上げてやれなかったので、エイミーはいらだったきいきい声をあげた。それがロッキーそっくりだったため、三人は声をあげて笑った。ケイドが手を伸ばしてエイミーをつかまえ、やさしく膝の上にのせた。

ボウはソファのクッションの上ではね始めたが、その目はコリーンをじっと見つめていた。コリーンは涙を抑えようとベストをつくしたが、一緒に過ごした幸せなときをボウに思い出してほしくてたまらなかった。二人のあいだのわだかまりをなくしたくてたまらなかった。

「ケイド伯父ちゃんは、伯母ちゃんがぼくに会えなくてとても寂しがってたって」ボウのかん高い小さな声は悩んでいる様子がなく、自然だった。「伯母ちゃんの脚、痛いの？」

コリーンはのどに大きな塊がつかえていて、低い声を出すのがやっとだった。「ときどきね。でも、よくなってきているわ」

「よかった。伯母ちゃんは、ぼくのママが死んだのを知ってるよね？」

「ええ、ボウ。知っているわ。とても悲しいことだった」

ボウは突然隣に座り込んだ。ロッキーを小さな手でつかんだまま、じっと見つめている。コリーンは、思いきってボウに片腕をまわした。そうせずにいられなかった。ひどくほっとしたことに、ボウは抱擁を受け入れ、自然に彼女に寄りかかった。

ボウは首をめぐらしてコリーンを見上げた。一方、コリーンは笑顔を見せたまま、泣かずにいようと懸命になっていた。「ケイド伯父ちゃんは、ぼくたちみんなが家族になれるように、伯母ちゃんがぼくたちのところに来て住むんだって。ロッキーとあひるも持ってこれる？」

「もちろんよ」コリーンは抑えきれずに、もう一方の腕もボウの体にまわそうとした。だがそれより早くボウが体をよじり、膝立ちになって、彼女の首に腕をまわして抱きついてきた。

コリーンはこらえようとする感謝と安堵《あんど》の涙におぼれてしまいそうだった。ケイドは約束どおり、ボウとの問題を解決したのだ。これほどの奇跡をこんなにも早く完全な形であたえられたら、見返りとして何を望まれても、否定するのを考えることすら不可能だ。


ケイドがコリーンと子供たちを昼食に連れ出し、四人がそろってアパートメントへ戻ってくるころには、子供たちは疲れきっていた。コリーンも同じくらい疲れていたが、彼女はなんとかそれをしのごうとした。彼らは、昼寝をさせるために子供たちをベッドに入れた。ボウはダブルベッドで、エイミーは子供用ベッドだ。ケイドはエイミーには小さくなりすぎたベビーベッドを解体し、アパートメントの別棟にある専用の物置へ運んだ。

彼が戻ってきたとき、子供たちはぐっすり眠り込んでいて、コリーンもソファの端に座ったままうつらうつらしていた。横にならせようとして肩に手をかけると、彼女はぱっちり目を覚まして断り、そのまま杖に手を伸ばして立ち上がった。

「アイスティーはいかが？　レモネードは？　コーヒーがよければコーヒーをいれるわ」

コリーンはボウとのわだかまりがなくなったことでまだ気が高ぶっていた。ケイドに感謝の気持ちを示す何かをしたいという思いに圧倒される。飲み物を勧めるのはささいなことだったが、それしか考えつかなかった。

「しばらく眠ったらどうだい？　ぼくはまだ新聞を読んでいないんだ。一時間したら起こしてあげるよ」

コリーンはかぶりを振った。「今日は、昼寝をするほどのことをしていないもの」

「睡眠は薬だよ、コリーン」

「わかっているけど」彼女は低い声で答えた。「寝るのはあなたたちが帰ってからでいいわ」

「きみを一緒に連れて帰りたいと思っているんだ」ケイドの言葉に、コリーンは驚いた。

「まだその話をしてはいなかったけれど、ずっと考えていた」

「明日の午前中に、理学療法の予定が入っているの」

「理学療法士に電話して、乗馬についてきいてみたらどうだい？　今受けている療法と同じくらい有効かもしれない。たぶん、もっとだ」

コリーンは顔を真っ赤にした。「告白することがあるの」

ケイドの黒い瞳は、興味をのぞかせて光った。「推測できるよ。賭《か》けてもいい」

「いいわ。言ってみて」

「きみは馬が怖いんだ。子供のときに落馬したから、という可能性もあるだろうが、妹であるシャロンが一度も馬に近づいたことがなかったのを考えると、たぶんそれは違う。おそらく、さんざん体を痛めたあとだから、落馬してけががいっそうひどくなるのを恐れているんじゃないかな」

コリーンは顔をそむけた。ケイドの推測は当たっていたが、別に驚きはしなかった。わたしは自分の影にすらおびえるような女性に見えるのだから、そういう結論にたどり着くのはさしてむずかしいことではないだろう。

それでもやはり、ほかの多くの男性は鈍感な気がする。彼女自身の父親は、ほかの人間の、とりわけ自分の妻や子供の恐怖や苦痛に無頓着《むとんちゃく》だった。そして、ケイドの弟のクレイグにも、周囲に気を配る傾向は見られなかった。

だが、ケイドはあらゆるものに関心をそそぐ。その事実にコリーンは危険を感じると同時に安心感を覚えてもいた。

「ええ、そのとおりよ。体があまりいうことをきかなくて」

「慎重にいこう。決して落馬しないとか投げ出されないとかいう保証はできないが、きみの回復が不完全で、馬にも慣れないうちは、安全に乗馬できるようぼくが可能な限りの手をつくす。牧場には二十歳になる去勢馬がいるんだ。近所の子供たちがいつも鞍《くら》もつけずに乗りまわしている。もう何年ものあいだ、後ろ脚で立ち上がって誰かを振り落としたりしていないし、振り落とそうともしていない」

コリーンはうなずいた。「その言葉を信じるわ。安全な乗馬については、今のところはあなたに頼らせてもらうわね」

「理学療法士に連絡して許可をもらってきたらどうだい？　そのあと、ぼくたちは二、三話し合う必要がある。それまでに、例の昼寝の件できみの気が変わっていなければだが」

コリーンは無理にケイドから視線を引きはがさなくてはならなかった。彼の言葉はどれも感じがよく、気軽なものだった。常にコリーンを守ろうとするその姿勢に、彼女はとても心が安らいだ。ケイドは大切にされていると感じさせてくれる。まるでわたしには、今現在かかえている限界にもかかわらず、大変な価値があるかのように。コリーンはうっとりせずにはいられなかった。

それが、コリーンを警戒させた。彼女は理学療法士に電話をするからとか、なにやらはっきりしないことを彼に告げると、電話番号を探しにその場を逃げ出した。

7

コリーンは理学療法士に電話し、アドバイスを受けたあと、週の後半に予約を組み直した。電話を終えたとき、ケイドはキッチンのテーブルに座って新聞に目を通していた。彼女はアイスティーをいれ、手のすぐ届くところへ彼のグラスを置いた。

コリーンがテーブルをはさんで反対側のカウンターに寄りかかったとき、ケイドは尋ねた。「まだ、昼寝せずにがんばるつもりかい?」

「ボウとエイミーが目を覚ます前に、ひと眠りするかもしれないわ。長く座りすぎていたから、しばらく立っている必要があるの」

ケイドは新聞を折りたたんでわきに置いた。礼を述べ、アイスティーを口にしてから言う。「ぼくたちには、片をつけなければならないことがある」

コリーンはそのまじめな声の調子を聞きつけて、グラスをカウンターに置くとケイドに注意を向けた。彼の表情に、不安が体を走り抜ける。

ケイドはきびきびとして単刀直入だった。「結婚前の取り決めをしないといけない」

結婚前の取り決めが近ごろでは有名人や金持ちの常識になっているのは知っていたが、コリーン自身はあまりいいことだと思っていなかった。彼女にとってそれは、花嫁と花婿が期待する結婚の成功に疑問を投げかけるものだったからだ。

だいたい、彼女はケイドのプロポーズに、まだ正式には答えていなかった。答えをためらったいちばんの理由はボウのことだったが、その問題が解決された今、彼はコリーンが当然プロポーズを受け入れると思っているかもしれない。

「それは必要なの？」

ケイドの表情はさらによそよそしいものになり、彼の態度にはコリーンを不安にさせる何かがあった。「ぼくたちの仲がうまくいかない場合、ぼくはボウとエイミーのためにチャルマーズ家の財産を守る必要がある」

コリーンはたちまち、彼が口にしなかった内容に神経をとがらせた。「あなたは……あなたとわたしのあいだに子供ができるとは……」もう少し考えてから質問をすればよかったと思い、彼女はためらった。尋ねたかったことには感情的に危ういものがふくまれていると不意に気づいたからだ。今さら言いまわしを変えるには多くを口にしすぎていたので、彼女はもう一度きいてみた。「わたしたちに子供ができるとは思っていないの？」

ケイドは椅子に背をもたせかけ、コリーンの上気した顔をじっくり観察した。「それについては実のところ考えたことがない。どちらでもかまわないよ。きみはもっと子供がほしいかい?」

コリーンの顔の赤みはさらに深まった。「今のところ妊娠の危険は冒せないけれど……結婚したら、もっと子供がほしいわ。生まれた子供は、チャルマーズ家の財産にボウやエイミーと同じ権利を持つんでしょう?」

「ぼくたちの子供はみんなそうだ。結婚前の取り決めで検討するのは、離婚とその後の財産分与についてだ」

「わたしはいやだわ……」コリーンは即座に言いかけ、再び口をつぐんだ。「結婚するとしたら、離婚のことは考えたくないわ。それは悪——」彼女は途中で言葉を切った。自分のへたな口のきき方がもどかしかった。「悪運だというんじゃないの。つきを悪くするという意味よ。離婚を念頭に結婚をスタートして、結婚のつきを悪くしたくないの」

「つきを悪くしようがしまいが、結婚の誓いをする前に、ぼくはチャルマーズ家の財産を守りたい。ぼくたちは、限界を知っておく必要がある」

ケイドのきびしい表情から、コリーンは彼がこの点でも譲るつもりがないとわかった。

「二年以内に離婚したら、きみは離婚後の扶養手当をもらえない。それ以降、二年目の結婚記念日から始まって結婚が一年続くごとに、一回限りの離婚時の財産分与は増えていく。書類には一年ごとの扶養手当が記載される。扶養手当は年ごとに増え、エイミーが十八歳の誕生日を迎えたあと最高額に達する。それ以上どれほど長く一緒にいようと、この金額が増えることはない」

コリーンはほとんど息ができなかった。ケイドのあげた最高額は衝撃的な金額で、驚くほど気前のいいものだったが、最悪の衝撃をあたえたのは、金額を口にした彼の血も涙もない言い方だ。彼女はケイドを、姪《めい》と甥《おい》を愛している、いかつく現実的な牧場主だと見ていた。だが、お金と離婚に関しては情け容赦がなかった。一連の話の下には、冷ややかで無感情なものと、一瞬燃え上がる炎のように危険をはらんだものが流れている。彼女はケイドの次の言葉に、それをはっきり聞きつけた。

「ぼくはどんな女性にもチャルマーズ家の財産を危うくさせはしない。たとえ相手がきみでもだ。ぼくたちが別れることになったとして、法廷で争うのはごめんだ。それから、いったん金を手にしたら、きみはもうそれ以上一セントも手にすることはない」

これまでコリーンが彼のうちに感じていた断固としたものは、今や残酷なまでに表に出ていた。こちらが彼の財産や生活のかてをおびやかそうものなら、彼はいつでもコリーンを踏みつけにし、打ちのめすことができるという警告だ。

だが、もっと恐ろしく深刻な形で打ちのめされる可能性もある。コリーンの脳裏に両親の結婚生活の記憶が不意に鋭くよみがえった。ケイドのお金や所有物はどうでもよかったが、彼にとってのお金と同じくらいコリーンにとって重要なものがほかにあった。「取り決めに、ひとつ入れてもらえるかしら?」

ケイドの容赦ない表情はわずかにやわらいだだけだったが、それだけで彼女は話す勇気が出た。

「あなたが離婚時の財産分与をいくらにしようとかまわないわ。わたしたちの結婚を試練の長距離レースのようなものにするつもりでない限り」

「なんだって?」

「あなたと長く結婚していればいるほど、離婚のときにたくさんお金を支払うと言ったでしょう。もし、あなたがひどい夫になった場合、わたしが耐えた期間に準じてお金を払えばいいと思えば、あなたはいい夫になる努力をする気にならないかもしれないわ」

コリーンは彼の黒い瞳にショックが浮かび、きびしい顔がさらにやわらぐのを目にした。

むっつりした笑みが唇をゆがめ、ケイドはおかしくもなさそうな笑い声をもらした。「それは疑い深い、皮肉な見方だな。きみにそんな一面があるとはね」

だが、驚いたことに、ケイドは自分たちが現実に関してある種の合意に達したかのように、前より彼女に心を開いたみたいだった。

「ゆうべ、きみに結婚を申し出たとき、ぼくはいろいろ約束した。それらを守ると名誉にかけて誓う。結婚前の取り決めに、何か入れてほしいと言ったね。どんなことかな?」

「ゆうべあなたは、思いやり、尊敬、献身、責任、友情、親愛の情や欲望をあげたわ。愛はあなたのリストにのってないのね。でも、それはわたしにとってとても重要だし、子供たちにとっても大切だわ」

急に恐れを感じて、コリーンは頭がくらくらした。震える脚でテーブルのところへ行き、腰を下ろす。考えをまとめるのにしばらく時間がかかった。

「あなたの気を悪くするつもりはないのよ」ケイドのほうを見ると、とても重々しい顔をしていたので、彼女はもう少しで勇気をなくしそうになった。だが、子供たちのことを思い、無理に先を続けた。「わたしの父は、おそらくずっと母を裏切っていたのね。母が病気になったとき、それを自分の関心を取り戻すための芝居だと思ったの。それから、父の不貞はあからさまになったわ」鋭さを増す記憶に圧倒され、コリーンはいったん言葉を切った。要求を口にする勇気がなんとか出るまでに、しばらく苦痛に満ちたときが流れた。

「男性は浮気をするものよね。あなたが浮気するのをわたしはとめられないわ。だけど、あなたが浮気をしているのを知らされるのはいやなの。ほかに女性が存在するのかなんて知りたくない。もし、わたしか子供たちがそれに気づいたら、わたしたちの知っている誰かやつき合いのある誰かが気づいたら……あなたと離婚するわ」

ケイドはこれまでになく怖い顔をしている。その表情は彼女をきっぱりしめ出していたため、コリーンには彼が何を考えているのか推測できなかった。

「浮気が原因でわたしたちが離婚する場合、わたしがボウとエイミーとわたしたちの子供の養育権を得ると取り決めに入れてほしいの。ちゃんとした家と養育費をあてがって、子供たちが普通教育、大学を終えるまで、あなたは子供たちとわたしを支えると、子供たちはあなたをちょくちょく訪ねていけるけれど、わたしと一緒に暮らすと」

ケイドはためらわなかった。「子供たちのいるべき場所はチャルマーズ牧場だ」

コリーンは失望の鋭い痛みと闘い、落ち着きを失うまいと懸命になった。「じゃあ、だめなのね?」

「きみに貞節でいられなければ、結婚するわけがない」

立派な言葉でうそだとは思えなかったが、その言葉を口にしたところで、彼が失うものは何もない。安易な打開策だ。多くの男性が守れない約束をする。ケイドの次の言葉を理解するのに、コリーンは少し時間がかかった。

「だが、それを取り決めに入れるのはかまわない。きみが安心できるなら、手や足を差し出すのは困るが、どんなペナルティにしてもいい。サインするよ」

ケイドのきびしい顔は再びリラックスしていた。表情はまじめだが、怒りのあとも反感の影もない。しかも黒い瞳はやさしく、先ほど目にした鋭さも燃え上がるような激しさもない。話はすみ、彼女は望むものを手に入れたのだ。

コリーンは安堵《あんど》と疲労の大波に襲われ、ぐったりとした。テーブルに肘をついて片手を額に当てたのは、頭を支えるためでもあり、部屋がぐるぐるまわるのをとめるためでもあった。それに、激しい頭痛は、薬をのむかしばらく横になる必要があると彼女が気づくのに充分だった。だが、ケイドは取り決めの話をおしまいにしていなかった。

「望みどおりにするが、どういうことかはっきり説明してほしい」

なぜかコリーンは、彼がその質問をしてくるとわかっていた。そこで顔を上げ、ケイドを見た。「これはとても気分の悪くなる話よ、ケイド」

彼の視線は落ち着いていて、真剣だった。「そういう話ならぼくも知っている。いつかきみにもその話をするかもしれない」

そこには再び、例の冷ややかな感情と、ぱっと燃え上がる炎のような気性のきらめきが見えた。そのとき、コリーンは感じ取った。ケイドがいつかその話をしてくれたら、それが、彼が愛を信頼性と見なすわけを知る鍵《かぎ》になるだろう。

彼の問いに答えられるよう気持ちを引きしめるのに、コリーンはしばらくかかった。泣きだしたくなかった。ケイドならそうするかもしれないように、感情に動かされず話そうと思ったが、今は疲れているうえ、浮気についてのこの話し合いは、いつにも増してつらい思い出をかき立てた。

コリーンは注意深く口を切った。「さっきも言ったとおり、父はずっと母に不実だったと思うわ。母が病気になると、父はそれをうとんじたの。自分の関心を引きつけるために、仮病を使っているのだと母を責めたわ。そんなわけで、ある午後、愛人を家へ連れてきて、母をベッドから起こし、自分と愛人のために大がかりな料理を作らせたの。シャロンとわたしは、支度のほとんどを手伝わなくてはならなかったわ。母はまともに立っていられない状態だったから」コリーンはケイドの顔が見られなかった。両肘をテーブルにつき、動揺し、落ち着きなく、震える指で短い髪をすく。その声はつらそうで、かすれていた。

「それから、わたしたちは全員テーブルについて、父が愛人といちゃいちゃするのを見ながら、一緒に食事をしなくてはならなかったの。わたしたちは口をきくのを許されていなかったわ」

不意に、耐えきれなくなった。これだけ聞いてもわからないのなら、彼には決して理解できないだろう。

「極端な例よね」コリーンは落ち着いた声で話をしめくくった。「あなたが残酷だとか、そこまであからさまだとは思わないわ。でも、一方の親がもう一方の親にそれほど……恥ずべきことをするのは、子供にとって大きな傷になるわ」最後にケイドのほうを重々しい表情で見る。「ボウとエイミーはたぶん、あなたが空に月をかけたと信じて育つことになるわ。だから……」言葉が消えていくにまかせる。彼女は顔をそむけた。どっと疲れが押し寄せ、目の焦点もほとんど合わない。「悪いけど、もうほんとうに横にならないと」

最後の言葉を急いで口にしたのは、頭が熱く、こらえていた涙でいっぱいだったからだ。

彼女はぎこちなく杖《つえ》を探ったが、突然隣に現れて腰をかがめたケイドに椅子から抱き上げられた。その動きにくらくらし、弱々しく彼につかまる。そうするうちにケイドは向きを変え、キッチンをあとにしていた。

彼は大股に廊下へ出ると、彼女のベッドルームへ入っていった。コリーンをまっすぐベッドへ運び、やさしく寝かせると、体を起こして彼女を見下ろした。「この部屋は少しひんやりしているな。毛布はいるかい?」

彼の実際的な態度が、コリーンにはありがたかった。同情するようなことを言われたら、泣きだしていただろう。ケイドがその事実だけではなく、コリーンが彼の目の前で泣き崩れたくないと思っていることまで察したのは驚くべきことだった。だが、コリーンはケイドの目の中に心配を見て取り、とっさに、彼を安心させたくなった。彼女は疲れた笑みを見せた。「椅子の上に一枚あるわ」

ケイドは横を向き、毛布を手にした。そして、手際よく毛布を広げ、やさしくコリーンにかけた。

「ありがとう」

「何かいるものは?　ぼくにできることはあるかい?」

その問いの裏には別の問いが隠されていて、コリーンはそれに答えた。「ほんとうに大丈夫よ、ケイド。うそじゃないわ。疲れただけ」

その言葉を確認するように、黒い瞳が彼女の顔を探り、それから彼のきびしい表情はやわらいだ。急に昨夜の口づけの記憶が、二人のあいだの空気に目に見えるものとなって現れたように思え、コリーンは頬が赤くなるのを感じた。ケイドの顔の細部にいたるまで目でたどらずにはいられない。彼が今どんなことを考えているのか、見きわめようとせずにはいられなかった。

ケイドの声は低く、くぐもっていた。「まだプロポーズに返事をしてくれていないね、コリーン」

彼女はケイドから視線をそらした。「ええ」

「結婚はすべてを解決する」

「すべてではないわ」

「いずれ残りも解決されるさ」ケイドは手を伸ばして彼女の頬に触れ、そのやさしい感触にコリーンの感覚はいっきに鋭くなった。「さあ、今は眠るんだ。時間のことは気にしなくていい。子供たちの面倒はぼくがみる」

ケイドが後ろ手にそっとドアを閉めて部屋を出ていくと、コリーンは静かに横になった。疲れた体の痛みに耐えながら、疲労が襲ってくるのを待つ。ケイドのプロポーズは、わたしのような女性にとっては一生に一度のチャンスだ。だがそれは同時に、人生の最大のあやまちにもなりうる。

ケイドがわたしを愛することはほんとうにないのだろうか？　彼の示してくれたやさしさのすべてが、彼が愛情豊かな男性だというあかしだった。だから、彼の愛の見方にコリーンは当惑した。愛を理解していないのはわたしのほうなのかもしれない。ほとんど愛情をあたえられた経験がないのだから、わたしの愛の定義は理想にかたよっているのかもしれない。

眠りの訪れを待ちながら、コリーンはケイドに恋をしつつあることをもはや自分に偽れないと悟った。実のところ、すでにすっかり彼に恋していて、どういう結果が待ち受けているにせよ、今やその愛に向き合わざるをえなかった。そのうえで、ケイドがわたしと結婚したがっていることを考えると、どちらが間違いになるだろう。彼のプロポーズを受けること……それとも、断ること？

結局、コリーンは断れなかった。今まであまり大胆な行動を起こしたことはなかったが、ひと眠りしてケイドや子供たちに加わると、三人が一緒にいる光景がとても貴重に思えて、その一部になるためならどんな危険を冒してもかまわないと感じた。

その晩、暗くなってから、彼らはチャルマーズ牧場に着いた。すでに寝巻きに着替えた子供たちは、サバーバンの後部座席のチャイルドシートで眠り込んでいる。ケイドは大きな車を家の正面の散歩道の端にとめた。彼が手を貸そうとまわってくる前に、コリーンは助手席から降りた。そこで、彼は幼いエイミーのシートベルトをやさしくはずし、ぐったりした体を抱き上げて家へと運んだ。

コリーンはなんとか先に行ってドアを開けた。それから車のところへ引き返し、ボウが目を覚ましたときのことを考えて一緒にいた。ケイドは少しして戻り、眠っているボウを抱き上げた。

コリーンが子供部屋にとどまっているあいだに、ケイドは彼女や子供たちの身の回りの品を家の中へ運び、それぞれの部屋に手際よく置いた。コリーンがエイミーの小さな上靴とソックスを脱がせ、注意深く上がけをかけてやっているところへ彼はやってきた。

ケイドはしゃがれた声でささやいた。「二人ともぐっすりのようだな」

コリーンは腰をかがめてエイミーのほてった頬にキスをしてから体を起こし、ケイドはベビーベッドの柵《さく》を静かに上げた。二人はボウの部屋でも同じことを繰り返したあと、廊下に出た。

大きな家は静かでがらんとしている。もうすぐ十時だ。エスメラルダは家に戻って夫と一緒だろうが、ナニーはどうしたのだろう。

「雇っていたナニーは?」

「くびにした」

コリーンの驚いた様子にケイドは何も言わず、彼女の腕を取って裏のパティオへ足を向けた。夜気はとても暖かかったが、すがすがしい。母屋からもれてくる明かりにもかかわらず、屋根のないパティオから望める空には星がちりばめられている。

二人して星空を見上げながら、ケイドは言った。「結婚に同意してくれたら、新しいナニーを雇うか、エスメラルダの身内のティーンエイジャーをベビーシッターもしくは子供たちの面倒をみる手伝いとして試しに頼むか、きみに決めてもらうよ。きみにできることできないことを、誰よりもよくわかっているのはきみ自身だからね」ケイドが彼女のほうをちらりと見たのでコリーンはうなずき、暗い中でも彼にはこちらが見えるとわかった。彼の声はとても静かになった。「きみをせかしているのはわかっているが、ぼくはいったん心を決めたら、めったに変えない。互いに納得でき、子供たちに安定した家庭をあたえられる、きちんとした結婚ができることに満足している」

ケイドは彼女の返事を待たなかった。コリーンのほうを向き、両腕をまわしてぎゅっと抱き寄せると、彼女にキスした。暖かな夜気が二人を包み込む。ひと息ひと息が官能に満ち、あまりに肉感的な口づけに、コリーンは自分の反応を抑えることができなかった。今度は、彼女もキスを返した。ついにケイドがキスをやめたとき、二人は震えながら立っていた。

コリーンの声は震えていたが、ちゃんと聞こえた。「あなたと……結婚するわ」

その言葉を口にした瞬間、コリーンの心配は消え、安心感がすべての障害を取り去った。ほんのかすかな不安をのぞいて。その夜、彼女はとても満足した気分で熟睡した。ついにこの世に自分の居場所を見つけたのだ。

ケイドは人間ブルドーザーで、障害と些事《さじ》の森に道を切り開いていった。三日のうちに二人は血液検査を受け、結婚許可証を手に入れ、コリーンの担当医と相談し、指輪を見つけた。彼女の身の回りの品や書類はアパートメントから移され、二人は結婚前の取り決めにサインした。

コリーンは子供たちを付き添いにしての、ごくささやかな、身内だけの式を望んだので、ケイドはそのとおりにした。こうした目のまわるような数日を思い返すまもなく、彼女はボウとエイミーと一緒に、地元の小さな教会のチャペルの通路の端に立っていた。

コリーンは白い麻のスラックス、目の色と合ったブルーの絹のブラウスに長いジャケットといういでたちだ。地味な黒いスーツ姿のケイドは堂々としている。真っ白なシャツが濃く日に焼けた顔を引き立て、いかつい容貌《ようぼう》はすばらしくハンサムだ。

ケイドは彼女に美しいブライダルブーケを買ってくれた。色とりどりのブーケには、鮮やかな黄色にピーチ、濃い赤、紫、とてもきれいでめずらしいブルーまでまじっていた。

ボウとエイミーはかわいらしかった。ボウはケイドのスーツをそっくり小さくしたような黒のスーツに身を包み、エイミーはフリルだらけの白いドレスに白いタイツ、白のエナメル革の靴という格好をしている。エイミーは、ブライダルブーケとそっくりの小さなブーケも手にしていたが、それはあわいブルーのリボンで、ぽっちゃりした小さな手首に結びつけられていた。

ケイドがコリーンに選ぶよう言い張った婚約指輪は、彼女がこれまで目にした中で最高に美しいものだった。豪華なホワイトダイヤモンドのまわりを、小粒のダイヤモンドが取り巻いている。自分の手に小さな銀河をつけているようで、コリーンはしばしば指輪に目をやらずにはいられなかった。

結婚前の目のまわるような忙しさの中で正気を失ったのだとしたら、二度と取り戻したくなんてない。幸せは単に手の届くところにあるばかりでなく、コリーンを包み込んでいた。彼女の心は安らかであると同時に喜びに波立っていた。

オルガン奏者が演奏を始め、ボウとエイミーはコリーンをエスコートして、通路をケイドのほうへ向かった。ボウはコリーンの片手と妹の片手を取っていた。エイミーがまだひとりでは歩けないからだ。コリーンがゆっくり歩いたので、幼いエイミーも兄の手を握りながら、簡単によちよちと進むことができた。

三人がケイドのところへ着いたとき「はい、ぼくたちのお嫁さんだよ、ケイド伯父ちゃん」とボウが言うのを聞いて、ケイドはコリーンの手を取りながら、低い声でおかしそうに笑った。彼とコリーンは、ボウがチャペルの正面の家族席へ妹を連れていくのを見守った。

エスメラルダと夫のロレンツォがボウとエイミーをあいだにはさみ、式の証人として座った。ケイドとコリーンは一緒に牧師に向き直った。

牧師が二人に結婚の誓いをさせるあいだ、ケイドは彼女の冷たい手を温かく握っていた。ケイドの「誓います」の声はしわがれていて、いかめしかった。コリーンの声は低かったが、はっきりしていた。

その後ケイドが彼女の指に結婚指輪をはめ、式の神聖な瞬間はクライマックスを迎えた。牧師が二人を夫と妻だと宣言したとき、コリーンは視線を上げ、ケイドの真剣そのものの黒い瞳を見つめた。二人は人生でもっとも重大な行為のひとつを完了したのだ。コリーンはその事実に深く感動した。そして、ケイドの表情から察するに、彼も同じように感じているのがわかった。

「さあ、花嫁にキスを、ミスター・チャルマーズ」牧師の言葉に、ケイドは身をかがめた。彼の唇はひんやりとしていて、きつく結ばれていた。だが、コリーンの唇に触れた瞬間、緊張が解けて温かくなった。

式はあっけなく終わった。わずかな誓いの言葉と、二人が夫婦だと宣する言葉と、おごそかなキスだけの短い式。二人は結婚証明書にサインし、子供たちを呼ぶと、ケイドが手配した写真家が、位置や組み合わせを決めて手際よく写真を撮った。

ケイドがエスメラルダとロレンツォもふくめ、全員をサバーバンに乗せるころには、コリーンは自分が美しい夢から歩き出てきたばかりのように感じていた。小さなチャペルでのひっそりとした式だったが、その一秒一秒が彼女にとってはかけがえのない貴重な瞬間だ。

ケイドや子供たちとのわたしの人生が、わたしにとってと同じくらい、彼らにとっても、かけがえのない貴重なものになりますように。この祈りを、わたしは、これから先も毎日繰り返すだろう。ケイドがどんなに愛に反感を持っていようと、わたしを選んだことを彼に絶対に後悔させない。

8

彼らが高速道路から牧場の砂利敷きの私道へ曲がったとき、たった今まで車が何台もその道を走っていたかのように、ただならぬ量の砂埃《すなぼこり》が宙に舞っていた。エスメラルダは後部座席で舌打ちするような音をたて、ロレンツォは何やらぶつぶつつぶやいた。コリーンは、ケイドのきびしい横顔がやや険しくなるのに気づかずにいられなかった。

彼らが高速道路と家のあいだにある牧場の私道の最後ののぼり坂を越えた瞬間、大量の砂埃と、ケイドが不意にむっつりしたわけが明らかになった。

車や軽トラックが母屋の近くの私道につらなり、家は文字どおりそれらに囲まれていた。

「これはどういうことだ?」ロレンツォが尋ねた。

エスメラルダがみんなに答えを提供した。「誰かが歓迎パーティーを開いたんですよ。誰がしたんでしょう?」

コリーンは肩越しにエスメラルダの驚いた顔をちらりと見て、ついでケイドのほうを向いた。「披露宴ということ?」

「そのようだな」ケイドのぶっきらぼうな返事は、彼はこの騒ぎとは無関係だとコリーンに告げていた。彼女は前を向き、ケイドがサバーバンを正面の散歩道の突き当たりにとめるのを見守った。そこは、明らかに彼らの車のためにあけてあった。

ボウは自分でチャイルドシートのバックルをはずし、前の座席に身を乗り出した。幼い顔は興奮のあまり輝いている。「パーティーがあるんだ！」

ケイドは首をめぐらし、ボウのうれしそうな顔を見やった。その興奮ぶりに考えを改めたかのように、ケイドの不満げな様子は不意に消え去った。彼は視線をコリーンに移した。

「かまわないかい？」

コリーンは彼に苦笑いを見せた。「選択の余地はないと思うわ。でも、あなたの友だちがお祝いを言いたい相手はあなたよ」

「きみもすぐみんなと仲よくなるさ、コリーン。どうせだから中に入ろう」

伯父の言葉の意味をおおよそ理解したボウは、鼓膜が破れそうな興奮の叫びをあげると、前に乗り出していた体を引っ込め、ロレンツォの脚を乗り越えて車から降りた。

ケイドは車の前をまわって助手席側のドアを開け、コリーンを地面に助け降ろした。彼が自分の曲げた腕にコリーンの手を置き、二人は玄関に向かった。とっくに家へ入っていたボウが、今度は中から走り出てきた。

客たちがボウのあとから続いて出てきて、表のベランダはたちまち人でいっぱいになった。コリーンとケイドが日陰に足を踏み入れた瞬間、おめでとうの声がいっせいにあがった。ケイドは足をとめ、杖《つえ》をボウに渡して、コリーンを腕に抱き上げた。拍手の中、ケイドは彼女を抱いて敷居をまたいだが、そのまま居間へ入り、部屋の片側に花嫁花婿用にセットされた二脚の椅子のところまで進んでいった。

ボウが小走りについてきて、コリーンとケイドが椅子にかけると、彼女に杖を渡した。エスメラルダはエイミーをケイドに渡したあと、誰が彼女のキッチンに侵入したのか確認しようと急いで出ていった。

コリーンが初めて牧場へやってきた日に見た、背の高いエレガントな金髪女性が、人々のあいだから抜け出して二人のほうに近づいてきた。部屋が静かになり、それがコリーンの注意を引いた。

金髪の女性はとても美しく、息をのむほどだった。モデルのような自信と女王のような雰囲気を持ち、蜂蜜《はちみつ》色の肌にはしみひとつない。無造作にセットされた髪は豊かで、つややかに波打っている。身につけた白いサンドレスは、体にはりつく挑発的なもので、胸を豊かに見せている。日に焼けた長い脚も、ほかの部分と同様見栄えがする。

その肉感的で完璧《かんぺき》なスタイルは、コリーンの平凡でやせすぎのボーイッシュな体とは対照的だ。まわりにいる人間はみな、頭の中で同じように二人を比べているだろうと思うと、コリーンはかすかにめまいがした。

金髪の女性はケイドしか見ていなかった。彼女はケイドの前で足をとめ、コリーンと幼いエイミーを無視して彼のほうへかがみ込み、きつく一文字に結ばれた唇にすばやくキスをした。すぐそばにいたコリーンは彼とともに、麝香《じゃこう》のような香りに包まれた。

突然、コリーンの心は鋭い嫉妬《しっと》に貫かれた。金髪女性が体を起こし、ケイドの下唇についた鮮やかな口紅を親指でふき取ったとき、その感情はいっきに強まった。なれなれしい仕草に、コリーンははっとした。即座にケイドのほうへ視線が行ったが、彼の黒い瞳は金髪の女性にそそがれていた。

あれは怒り？　ケイドの瞳の不吉な輝きは見間違えようがなく、コリーンはかなりほっとした。彼は今のキスに腹を立てているのだ。それも、ひどく。コリーンはすぐに嫉妬した自分を責めた。もちろん、彼は今までに何人かの女性とつき合ってきたことだろう。この女性は、明らかにそのうちのひとりだ。

金髪女性が不意に向きを変えてコリーンを見つめ、アンジェラ・ダナーだとぶっきらぼうに自己紹介したとき、コリーンは相手に心から嫌われているのがわかった。宝石のようなブルーの瞳が彼女の顔をゆっくりすべり、さらに下へと下がる。肉感的な唇の片方の端がかすかにゆがみ、軽蔑《けいべつ》を伝えた。

アンジェラは、コリーンが礼儀正しく返事をしている途中で、どうでもいいといわんばかりにくるりと背を向けて歩み去った。形のいいヒップが男性の目を釘《くぎ》づけにするのを承知しているという歩き方で。

ケイドが立ち上がってエイミーをもう一方の腕に移し、彼にお祝いを言うのを待っていた年配の紳士に握手の手を差し出しているのを目にしたコリーンは、強い満足感を覚えた。年配の紳士は一瞬ためらい、アンジェラの後ろ姿に目をやったが、ケイドは一瞥《いちべつ》もくれなかった。

終わりよければすべてよしだ。それからは、客たちは次々と小さなグループになって進み出てきてコリーンに会い、彼女はアンジェラのことを忘れた。

ケイドには多くの友人、隣人、仕事仲間があり、ケイドをしたう彼らは、彼と花嫁のための即興披露宴への土壇場の招待を受けたのだった。コリーンはそれに感動し、周囲の人々にこんなによく思われている男性と結婚したのを誇らしく思った。

四段のウエディングケーキに軽食にシャンペン。これだけのものをそろえた披露宴を手配したことを認める人物はとうとう現れなかった。その午後の唯一の暗い調べは、酒を飲みすぎたアンジェラ・ダナーのふるまいが礼儀を欠いたものになったことだった。その日、ケイドにもコリーンにもほとんど口をきかなかった白髪の石油王の父親は、黙って娘を家へ連れ帰った。

そのあとはみんなの、特にケイドの気が楽になったようにコリーンには見えた。招待客たちがたちまち受け入れてくれたことに、コリーンはとても感動した。そして、いろいろと話を聞くうちに、ケイドが誰と結婚するのだろうと何年も推測の的だったこと、彼に心をときめかせた女性はひとりや二人ではなかったことを知った。

弟が亡くなって以来ケイドが人づき合いをしなくなったのを、知人たちは心配していたのだった。家の片隅でのおしゃべりがゴシップになったとき、コリーンはケイドの母親が夫にひどい仕打ちをし、息子たちをほったらかしにしていたといった話を小耳にはさんだ。

ケイドは父親が結婚した女性について口にしたことがあったが、コリーンは彼が後妻の話をしているものと思っていた。後妻などいなかったのだ。少しの価値もないと彼が断言していた女性は、実の母親だったのだ！　クレイグとシャロンの多難な結婚生活を見ていたことも考え合わせると、ケイドがあれほど愛という考えに抵抗を示したのも不思議ではない。

客の中には、クレイグが悲劇的な死をとげたあと、幸せにしてくれる妻をケイドが見つけてよかったとコリーンに喜びを告げる者もいた。彼らはこれが内輪の結婚式なのは承知していたが、結婚はケイドが社交生活を再び取り戻すというサインだと受けとめたのだ。そこで、彼の幸せを祈る人たちが、不意打ちの披露宴を開いたというわけだった。

コリーンが挨拶《あいさつ》をしてまわると、多くの人がシャロンのことでお悔やみを言うと同時に、ケイドや子供たちと一緒にお幸せにと祝福してくれた。新しい友人がたくさんできて、その興奮が、コリーンの長い午後の疲れを打ち負かす助けになった。

彼女が招待客たちと顔を合わせるのに気を取られているあいだ、ケイドが子供たちの面倒をみていた。ボウとエイミーが落ち着けず、昼寝ができなかったことを、コリーンはあとになって知った。表のベランダに立ち、ブライダルブーケをほうるころには、子供たちはひどくめそめそして不機嫌だったので、彼女は二人を昼寝に連れていかなかったことを後ろめたく思った。

最後の客を送り出したとき、エイミーはケイドの肩で眠りに落ち、ボウはほとんど目を開けていられない状態だった。コリーンとケイドは子供たちをそれぞれの部屋へ連れていった。眠っているエイミーをケイドがやさしくベッドに寝かせる。コリーンがあとを引き受け、彼はそのままボウを連れていった。コリーンがエイミーのドレスを脱がせ、顔や手からケーキとパンチのべたべたを丁寧にぬぐっていると、ケイドが部屋に入ってきた。

「きみは疲れているよ、ベイビー。あとはぼくがやる」彼がやさしく肩をつかんでそうささやいたので、コリーンの心は喜びでいっぱいになった。ほかにすることといったら、エイミーに軽い毛布をかけるぐらいだ。それが終わるとケイドはベッドの柵《さく》を上げ、コリーンのほうを向いて大きな両手を彼女のウエストにまわし、口もとをほころばせて言った。

「最後のひとりをベッドに入れなければ。今日はこんな計画じゃなかったが、きみはよかったかい？」

「完璧だったわ」コリーンの心からの言葉に、ケイドはいっそう笑みを深め、腰をかがめて彼女を抱き上げた。そして、そのまま廊下のいちばん端まできびきびと進み、ドアを抜けて彼女を自分のベッドルームに運び入れた。

すっかり驚いたことに、彼もコリーンと一緒に昼寝をした。彼女はほんの少しのあいだ強烈な自意識にとらわれたが、ケイドにあっさりしたやさしいキスを受けた瞬間、それは消えてなくなった。キスに情熱はこもっていなかったが、彼女がとても疲れているのを察してのことだとわかった。わずかに体の向きを変えて横向きになると、ケイドはぴったり背後に寄り添ってきた。

彼は大きくて固いてのひらで、彼女のヒップを、のんびりと心を落ち着かせるように、円を描いて撫《な》でた。彼の息が耳と頬にかかる。ケイドにただ触れられるだけでコリーンの体は反応し、緊張が解け、喜びに力が抜けた。感情がこみ上げ、コリーンの目はうるんだ。わたしは二度と再びひとりぼっちになることはないだろう。

その事実を新たに認識し、コリーンは強く揺さぶられた。彼女はためらいがちにケイドの腕に触れ、抑えた愛情をこめて撫でた。胸が詰まっているせいで、ささやき声になる。

「今日はいろいろとありがとう」

ケイドは彼女の低い声の底に流れる感情を聞きつけた。人生でめったにいいものを手にしたことがないからこそ、あたえられるものを大事にする女性のしるし。彼は妙に心が乱された。

コリーンが語った父親と愛人との光景を、無理にテーブルにつかされ、黙っているよう強制された当時の子供のままであるかのように小さく静かな声でその話をしたときの彼女の様子を、ケイドは思い出した。

そのあとコリーンは、ボウとエイミーは彼が空に月をかけたと信じて育つと低い声で言い、彼を最低の人間になったような気分にしたのだった。率直な言葉で告げられるよりもはっきりと、自分がコリーンをひどく幻滅させたのがわかった。ひどくどころか、残酷にといったほうが正しいだろう。

今なら、なぜシャロンがあれほどクレイグをいいように操り、手に入れられるものはなんでも手に入れようとして、ああも自分のことしか考えられなかったのかわかる。

コリーンとシャロンは正反対なのだ。コリーンこそ恨みを感じ、欲張りな女になって、自分の味わった苦痛を世間につぐなわせようとして当然だ。ところが、彼女は思いやりがあってやさしい。しかも、愛らしい。ほんとうに愛らしい。

ケイドははたと気づいた。彼女に対する気持ちは好意を通り越し、認めないと誓った感情に発展する寸前かもしれない。七日という短期間で、コリーン・ジェームズは――今ではコリーン・チャルマーズだが――彼をその感情に衝撃的なほど近づけた。

どうやって、彼女はぼくをこれほど引きつけたのだろうか？　より正直な言い方をするなら、なぜぼくはそれを許したのだろう？

ケイドはかすれた、さあ、もうおやすみ、という自分の言葉に温かな親愛の情を聞きつけさえした。少なくとも今度は、最後にベイビーとつけ加えるのは思いとどまった。

だが、そういう言葉を使わないのがとても不自然に感じられたので、彼は無言のわびをこめてコリーンをさらにきつく抱き寄せた。体がむずむずし、ほてっている。だが彼は、血が重たく脈打つのは、単に欲望を感じているからにすぎないと自分に言い聞かせた。彼女のやせた体がゆっくり緊張を解き、疲れきった眠りに落ちていくのを感じなかったら、肉体の喜びを手ほどきすることで、もっと重要な考えから気をそらせたかもしれないと。それなら、性的に引かれる気持ちとこういう機会以上に強力なものは何もいらないのだから。

ケイドの胸の奇妙な波立ちが——それに欲望も——消えるまでには、いらだたしいほど時間がかかりそうだった。

子供たちはどちらもあまり長く眠らなかった。昼寝の前に疲れすぎていたため、熟睡できなかったのだ。夕食に目を覚ましたときとても不機嫌で、二人ともエスメラルダの用意した食べ物が気に入らなかった。夕食のあと、コリーンとケイドは夕方の新鮮な空気が二人の機嫌を直すのではと期待して、ボウを連れ、エイミーをベビーカーに乗せて散歩に出た。

コリーンが結婚に同意した翌日、ケイドはハネムーンに行きたいかと尋ね、いくつか候補をあげたが、彼女はハネムーンを延期してほしいと頼んだ。彼らはボウやエイミーのために結婚したのだから、生活の突然の変化に二人が慣れる時間をあたえるのがいちばんいいことのように思えたのだ。

彼らは全員、規則正しい生活サイクルを作り上げる必要があった。この数日というもの、コリーンのサンアントニオからの引っ越しと、結婚式の準備とに忙殺されて、すべてが不規則になっていた。

ケイドが希望にこたえてくれたことが、コリーンにはとりわけありがたかった。この数日は疲れるもので、彼女はまだ少しショック状態だった。七日前には、ケイドに直接会って子供たちの人生の一部にさせてほしいと頼むため、牧場までのつらい運転に耐えていた。ところが、今はその彼と結婚し、新しい生活をスタートさせている。これまでに、将来自分を待ち受けているはずだと予想してきたどんな生活ともあまりに違うため、誰かに腕をつねられて目を覚ますよう言われても、たいして驚かなかっただろう。

不意にことの重大さが心に浸透し、コリーンの全身を駆けめぐった。すぐあとに恐ろしいパニックが続き、彼女は急に怖くなった。

「コリーン？」

彼女の心の動きに対してとても敏感だからなのか、その恐怖を感じ取ったかのように、ケイドは腕をとらえて彼女を立ちどまらせた。

「どうかしたのかい？」

コリーンはケイドのいかつい顔を心配そうにちらりと見て、視線をそらした。何か答えなければ。彼は明らかに心配している。彼女は無理に笑みを浮かべたが、不自然な感じがした。

「わ、わたしが初めて買った車は安物だったわ。たった三千ドルよ。家賃と必要最低限のものの支払いをすませると、たいしてお金は残らなかったけれど、最長のローンを組んだので問題はないと確信していたわ。利子はかさむけれど、毎月の支払額はほんとうに低かったから」

「それで？」

ケイドはコリーンの話をまじめに受けとめていた。厳粛にといってもいいほどだ。コリーンは決まりが悪くなったが、ここまで話した以上、しかも、最後まで話すのを彼が待っている以上、話し続けるしかなかった。

「車に乗り込んでエンジンをかけた瞬間、急に……死にそうなほど恐ろしくなったの。計算間違いをしたんじゃないかとぞっとしたわ。家へ帰ってすべてを検討し直したら、やっぱり払えないと気づくんじゃないかと。でも、ローンが終わるまで毎月支払うと書類にサインしてしまっていたわ。それに、車が壊れて、修理費にすごくかかったらと心配になったし、もし……」

「ものを買ったあとで後悔するというやつだ」ケイドの重々しい表情はやわらぎ、唇に笑みが浮かんだ。瞳はやさしいユーモアに輝いていた。「というか、この場合は、結婚したあとで後悔するというのかな」

コリーンは新たな不安の波に襲われ、深いため息をついた。「このほうがずっとひどいわ」

ケイドは低い声でおかしそうに笑った。二人が話をするために立ちどまったときに少し先へ行っていたボウは、スキップして戻ってきた。

「何がおかしいの、ケイド伯父ちゃん？」ボウはさっきよりずっと機嫌がよくなっていて、今では伯父同様ににこにこしている。

「大人にしかわからない話だよ。さあ、エイミーを家に連れていってくれるかい？」

「今すぐ？」ボウはしかめっ面になった。

ケイドの口調はきっぱりとしていた。「日も暮れてきたから、きみたちは二人ともお風呂に入らなくてはいけないからね」お風呂と聞いてボウがさらにいやそうな顔をしたので、ケイドはやさしく彼の頭に手を置き、髪をくしゃくしゃにした。

ボウは従順に妹のベビーカーのハンドルを握り、ぎこちなく家のほうへ向きを変えた。

大人二人はそのあとに続き、ケイドはコリーンに腕をまわしてわきに引きつけた。暖かな夕闇《ゆうやみ》の中で、彼の声は低かった。「この結婚の支払いは心配しなくていいよ、コリーン。心配のひとつが初夜の不安なら、それもなんとかできると思う」

コリーンはすばやくケイドの顔に視線を走らせ、黒い瞳にゆったりとしたやさしい約束を見つけた。熱気と期待に肌がぞくぞくする。この数日間、完全に二人きりになったときに、ケイドから官能的なレッスンをほどこされてきたにもかかわらず、男女の結びつきはいまだに謎《なぞ》だった。セックスとはどういうものか、知識としては知っていたが、実際は一度も経験したことがなく、神経質になり不安を覚えていた。コリーンは狼狽《ろうばい》して顔をそむけた。

体にまわされたケイドの腕に力がこもる。「ぼくたちは知り合って一週間しかたっていないんだ、ベイビー。きみを誘惑するつもりだけど、時間はたくさんあるからね」

かすれた声で口にされた約束は、コリーンの緊張をやわらげると同時に、熱気と期待の入りまじった不安をいっきに強めた。

コリーンが思っていたよりはるかに早く、二人は子供たちをお風呂に入れ、寝巻きに着替えさせ終えた。ボウもエイミーも長い一日のあとでまだ疲れていたため、すぐに寝ついた。

コリーンは緊張感のせいで、なぜか元気があふれていた。ケイドは別棟にあるオフィスへ行ったきりだ。彼女はニュース番組に興味を持っているふりをしてしばらく居間でのらりくらりとしていたが、あきらめてケイドのベッドルームへ行った。

今では二人のベッドルームだ。つい今朝、それまで使っていたゲスト用のベッドルームから持ち物を移すのを、エスメラルダに手伝ってもらったばかりだった。コリーンの地味で質素な服が、大きなウォークインクロゼットの、ケイドの服のかかったポールと反対側のポールにかかっている。

彼女の持ち物はわずかで、ケイドの持ち物の中にあっては存在しないも同然だった。彼の部屋を支配している男性的な品物に、しるしさえ残せない薄い影。コリーンはそれと同じくらい自分をささいな、取るに足らない存在に感じた。そして、ケイドの活動的な人生における薄い影以上の存在には決してなれないかもしれないと気づき、不意に恐ろしくなった。

それでも彼女はケイドと結婚し、立派な調度の整った大きな寝室で彼を待っていた。今にも彼が部屋へ入ってくるのを期待して。二人は彼の大きなベッドで一緒に寝るのだ。

あまりに落ち着かなくてじっと待っていられず、コリーンはネグリジェやローブを手にすると、シャワーを浴びにバスルームへ逃れた。熱い湯が緊張をいくらかほぐしてくれたし、時間はたくさんあると彼は言ったのだからと少なくとも十回は自分に言い聞かせた。

〝ぼくたちは知り合って一週間しかたっていないんだ、ベイビー〟

ベイビー。ケイドはこれまでのところ、やさしく、ほんとうに思いやりのある態度で接してくれている。彼にベイビーと呼ばれるたびに、守られ、とても……大事にされていると感じる。男性経験がないことでわたしが神経質になっているのを、彼は理解してくれた。だから、ほんとうに体と体が結ばれる初夜を期待しているわけではないだろう。ケイド自身、そういうことを言っていなかったかしら？

〝ぼくたちは知り合って一週間しかたっていないんだ〟

〝きみを誘惑するつもりだけど、時間はたくさんあるからね〟

明確な言い方ではなかったけれど、そこから充分なぐさめを得られる程度にははっきりした言葉だったわよね？　でも、あのときは安心できたのに、なぜ今は違うの？　きっと、どんなにケイドをよく知るようになったとしても、初めてのときは不安になると、心の奥底でわかっているからだろう――それがいつになるにせよ。

コリーンはバスルームのカウンターの上にかかった大きな鏡の前に立っていた。一週間前に買った、床まで届く長さの白いコットンのネグリジェとローブに、シャワーを浴びた体を包んだ。瞳がディナー皿のように大きく見える。まだ湿り気の残る髪を軽く乱し、落ち着くように、だがソフトな手ざわりは残すように、軽くムースをつけた。鏡の中の彼女は信じられないほど無垢《むく》で、傷つきやすそうだった。

〝きみを誘惑するつもりだ……〟

かすれた声で口にされた言葉は、今もコリーンを震えさせる。ケイドの強烈なまでに男らしい体と自分の華奢《きゃしゃ》な体との違いを思うだけで、彼女は不安とスリルの入りまじった奇妙な恐れに体の力が抜けた。だが、その奇妙な恐れは、生まれてこのかたずっと味わってきた自信のなさによって、いっきに、口もからからになるほどの恐怖へと変わった。

彼の結婚相手としては、わたしは役不足もいいところだ。彼は決して結婚するつもりなどなかったのに、子供たちに両親のそろった普通の家庭をあたえるためだけに、その考えを曲げた。見返りなどほとんどないのに、あまりにも多くを犠牲にしている。

コリーンにとっては、ケイドと結婚するのは犠牲でもなんでもなかった。彼はたくさんのものをあたえてくれる。その彼が代わりに得るものが、子供たちの親になるはずなのに、子供たちと同じくらい手のかかる不器量な妻だ。子供の世話をするのに夫の手を借りねばならず、まだ、活動的な生活の完全な相手になれない妻。体力がなくて、夫のためにほとんど何もできない妻。

そのうち重荷と見なされるようになるかもしれない妻だ。この肉体的な限界はケイドの仕事を妨げる可能性がある。彼はわたしをとても気づかい、親切にしてくれる。でも、わたしの父は病気の妻に我慢できず、さっさと離婚して見捨てたのだ。

ケイドは父と似ても似つかないけれど、早くわたしが子供たちの面倒をすっかりみられるようにならなかったら、いつまで我慢していられるだろう。別のナニーかエスメラルダの姪《めい》を雇えばいいとも言っていたけれど、どのくらいすぐにわたしが人手を借りずに役目を果たすようになるのを期待しているのかしら。

ケイドがなかなかベッドにやってこないことと、コリーン自身の深まりつつある疲れが将来への不安を増した。

わたしが早くベッドにつくことや昼寝することに、ケイドがいらだつようになったら？ わたしは夜のあいだじっとしていられないことが多いし、毎朝必ず、筋肉の痙攣《けいれん》で目が覚める。涙が出るほど痛いときもある。

母のように鎮痛剤の中毒になるのを恐れていたので、筋肉弛緩《しかん》剤は使わずにきた。使えば文字どおり意識がなくなってしまうのもいやだった。でも、ケイドの睡眠を妨げたり、短くしてしまうかもしれないとしたら、考え直さなくてはいけないかしら？

コリーンの頭では、そうした考えが渦巻いていた。これまでにも同じような自問自答を繰り返してきたが、結婚式をすませた今、なぜかひとつひとつの問いがきわめて重要なものに思われ、答えのほうも、確信が持てず、ますます悲惨な見通しを持ったものになった。

そのとき、彼女はケイドがベッドルームへ入ってくる足音を耳にした。少しすると、彼がポケットの中の鍵《かぎ》と小銭を、どっしりしたクリスタルのトレイに空ける音がしたので、コリーンは震える手を杖に伸ばした。彼もシャワーを浴びたいだろうから、待たせてはいけない。

　コリーンは深く息を吸って自分を落ち着かせると、バスルームのドアを開けた。顔から心配のあとが消えていますようにと祈りながら、戸口を抜けて広いベッドルームの豪華なカーペットへと足を進めた。

9

新妻を見た瞬間、炎のように燃え上がった欲望の前に、ケイドの殊勝な心がけは雲散霧消した。シャワーを浴びたコリーンの顔は上気しているが、はにかみのせいでほんのりした赤みがいっそう濃くなっている。床まで届く白いコットンのローブ。その下の白いネグリジェは、ローブと同じくらい地味で肌を隠すものだろう。

コリーンはとても華奢《きゃしゃ》で女らしかった。誰にも触れられたことのない無垢《むく》な様子がケイドのうちの荒々しく野性的な何かをかき立て、彼はコリーンを自分のものにせずにはいられない気分になった。彼女を奪い、しるしをつけ、自分だけのものにするのだ。今夜。今すぐに。

コリーンの美しい瞳を駆け抜けたパニックを見て、ケイドは即座に自己嫌悪を覚えた。彼にも自分の感情の強さがわからなかったのだから、コリーンにわかったはずがない。だが、そうした感情は顔に出たに違いなく、あの一瞬のパニックから判断して、おそらく彼女はそのままの激しさを感じ取ったのだ。

ケイドは努めてやさしくほほ笑み、コリーンのパニックがやわらぐのを目にして報われた。やわらかな唇の震えはほほ笑みとはいえなかったが、こたえようとするその努力にケイドは心を打たれた。

彼は今まで一度も処女とベッドをともにしたことがなかったが、不意に自分がコリーンの生涯ただひとりの相手になると気づいた。離婚せずにいるとすればだが。セックスに対する彼女の今後の考え方は、初めてのときに二人がどのように結ばれるかによって決まってしまう。それに、コリーンは彼の妻なのだ。その日、彼は教会の祭壇の前に立ち、彼女と一緒に誓いの言葉を述べた。今やセックスは、ケイドにとってこれまでとはまったく違ったものになっていた。急に新しい面が加わり、もっと深遠な意味を持ち始めた。その意味を表すのに、彼の脳は神聖なという言葉をさけ、特別なという言葉を選んだ。

コリーンとのセックスは、単なる男と女の結びつきでなく、夫と妻の結びつきになるだろう。この内気でやさしく、か弱くて、とても傷つきやすい女性との。コリーンは清らかだ。彼女の人間性に値する、ふさわしい何かを代わりに贈ることができるかどうかは、ぼくにかかっている。

不意にその責任の重さに圧倒されそうになったが、あとへ引く気にはならなかった。血液はすでに欲望にたぎり、体も同様で落ち着かない。コリーンに、男と女の結びつきは先へのばせる、急ぎはしないという印象をあたえたのはわかっている。そういった意味の言葉を口にしていたが、コリーンの魅惑的な姿に心が変えられてしまった。でも、それでよかったのかもしれない。

慎重にふるまい、やさしくすれば、彼女は決してこの夜を後悔しないだろうし、ぼくとしても同じことがいえる。心を決めたケイドは、彼女に手を差し伸べ、やさしい笑みに少しだけ自分の思いをこめた。「ここにおいで、コリーン」

一瞬ためらったあと、彼女は前に進んだ。震えていたが、そばまでやってくると手を差し出し、ケイドが温かく握るにまかせた。彼はコリーンのブルーの瞳にかすかな決意を見て取り、これが彼女にとってはむずかしいことなのだと気づいた。

まるで稲妻に打たれたかのような衝撃とともに、ケイドはコリーンが彼を信頼し、それがどんなものか恐れてはいても、彼の望みをかなえようと懸命になっているのだと悟った。彼はコリーンをやさしく引きつけ、二人のあいだの距離をうめた。手から杖《つえ》を抜き取って化粧台に置くと、彼女を抱き寄せる。両手をコリーンのウエストに置き、ゆっくり上体をかがめたが、キスをする代わりに首筋へ顔を押しつけ、低くかすれた声で言った。「ぼくを信じるんだ、ベイビー」

彼はコリーンのほてった肌を、首から耳、耳から顎へと唇でたどった。彼女はケイドの唇を感じたくてたまらなかったが、彼の唇はコリーンの唇をかすめ、耳の下のやわらかな肌へ戻った。それからケイドは彼女の肩に顔を押しつけてローブをずらし、やさしく肌をかんだ。

コリーンは軽いローブが肘まですべり落ちるのを感じ、ローブを脱がされているのだとぼんやり考えた。杖なしでは、立っているのがやっとだ。ローブがカーペットに落ちると、震える両手を持ち上げたが、もはや彼の広い肩をつかむ力はなかった。ケイドは後ろに下がり、コリーンは彼の強い手に導かれ、支えられるまま、漂うようについていった。

ケイドの唇が重ねられたとき、部屋は傾き、ぐるぐるまわった。コリーンはベッドの上で彼の下になっていた。ケイドは体を少し浮かせたまま唇をずらし、ほてった肌を焼き続けている。その唇はいたるところをかすめ、とどまってはさまよい、コリーンを興奮に震わせた。彼女の呼吸は浅くなり、血液は熱く激しく流れていた。

そこから先は何も考えられなくなった。たっぷりあたえられる喜びに圧倒され、夢中になっていたため、結ばれたときもコリーンはほとんど痛みを感じなかった。わずかな痛みも、あとに続いた信じられないほどの快楽にたちまち消し去られた。やがて息も詰まるほどの激しい興奮によってはるか高みへ運ばれ、コリーンの体は官能の喜びに光り輝いたあと白光となってはじけ、きらめく雨のように地上に降りそそいだ。


翌朝、コリーンは慎重にベッドを出て、静かに室内を動きまわって着るものや化粧品を集めた。シャワーを浴びて着替えるため、ゲスト用のベッドルームへ行く。とても朝早かったので、空はようやく明るくなってきたところだったが、朝につきものの筋肉の痙攣《けいれん》が始まっていた。彼女は歩いてそれを消したあと、ケイドの眠りを妨げずに身支度を整えたかった。

ある程度の痙攣がおさまると、コリーンはすばやくローブを脱いでシャワーを浴びた。まだケイドと顔を合わせる心の準備ができていない。これまでのはにかみもつつしみ深さも、取り払われてしまった。彼はコリーンの体について、彼女自身さえ知らなかったさまざまなことを知っていて、その知識を利用して彼女の反応をかき立てた。明け方のほの白い光の中では、あまりに野性的で奔放すぎて、自分のものとは信じられない反応を。ケイドはどう思ったかしら。今日、わたしは彼の失望を目にすることになるの？　それとも、不満を？

コリーンは自分をまったくのうぶだとは思っていなかった。だが、セックスが……あんなふうでありうると一度も想像しなかったことに、今になって驚いていた。わたしはほんとうにそこまで無知だったのだろうか。ケイドのとても巧みな手ほどきを受け、目からうろこが落ちたばかりでなく、さらに多くを求める飢えが生まれた。彼に対してさらに傷つきやすくなってしまったのだ。

セックスという言葉はあからさまで、人間味に欠ける。昨夜の出来事はそのどちらでもなく、そこにはやさしさと思いやりしか存在しなかった。そして喜びと。振り返ってみると、ほとんど賛美ともとれる明らかな親愛の情がこもった、心臓のとまるような激しい喜び。わたしの勘違いということはあるだろうか？　あれが愛ではないのなら、あれがセックスにすぎないというのなら、その違いがわかる日がくるか自信がない。

コリーンはシャワーを出ると、わずかな化粧品をつけた。髪を櫛《くし》でとかし、軽くスプレーをかけて落ち着かせてから、グレーの木綿のブラウスとジーンズに着替える。閉じたドアをこぶしで軽くたたく音がしたので、彼女ははっとし、急いでドアを開けた。

すぐ外にケイドが立っていた。ブルーと白のストライプのシャツ、着古してやわらかくなり、色あせたジーンズという格好だ。黒髪はシャワーの水気が残っていてまだ湿っている。きれいにひげをそった顔はきびしかったが、視線はやさしかった。

彼の男性としての魅力は、驚くほど熱い思いをコリーンの全身に走らせた。彼女は見開いた目をケイドから離せず、彼の体に視線をはわせずにいられなかった。そのあとやっと自分を抑え、どうにかケイドの顔を見る。そのとたん頬が熱くなり、コリーンは目をそらした。昨夜のことが、苦痛なまでに強く意識される。

「ぼくたちの部屋にもシャワーがあるんだよ。どうしてここのを使うんだい？」

コリーンはかすかな不満の響きをはっきり聞きつけた。「あなたを起こしたくなかったの」

「これから何年も、互いを起こすことになるんだ、コリーン。ぼくは慣れるよ。きみもね」

ケイドの黒い瞳に浮かんだ情熱に、コリーンは力の抜けるような震えを感じた。彼が片手を上げ、ざらざらした指の腹で彼女の頬に触れた。喜びがなだれのように襲ってきて、立っていられそうもない。

コリーンは前に踏み出し、招くような彼の腕に抱かれた。そして二人の唇が重なった。彼の唇が離れたときには、コリーンは何がなんだかわからなくなっていた。ぼうっとした目を開き、彼の瞳にやさしく燃える炎を見つめる。

「いつか、ベッドで一日を終えるように、ベッドで一日を始めたくなるかもしれないな」

それはきっぱりとした約束だった。昨夜のあと彼にどう思われているのかというコリーンの心配は消えた。二人のバスルームのシャワーを使わなかったということ以外に、彼を失望させた点があるという感じは受けない。〝これから何年も、互いを起こすことになるんだ、コリーン〟という言葉は、安定を約束するものだ。彼女は初めて本物の自信が強く芽生えるのを感じた。

ケイドは一歩後ろに下がり、彼女の手を取った。「子供たちが目を覚ます前に、朝食をとろう」

驚いたことに、二人が朝食をすませないうちに、エスメラルダの三人の姪《めい》がやってきた。

ケイドはカーメン、ロザリー、アンジェリーナをコリーンに紹介したあと、今朝は彼女たちがボウとエイミーの面倒をみてくれるので、二人が目を覚ますのを待っている必要はないと告げた。結婚式をあげるまで遅らせていた乗馬レッスンを今日から始めるとのことだった。朝のうちなら外も涼しい。

　コリーンは不安を感じたが、反対はしなかった。ケイドは前に話していた去勢馬の代わりに、雪のように白い体に茶色の斑点《はんてん》のある小柄な雌馬を彼女のために選んだ。そして、ひとつひとつの手順が持つ意味を説明しながら鞍《くら》のつけ方を実演して見せ、最後にあぶみをたらした。試練のときが訪れ、彼は杖を没収すると、抱き上げるようにしてコリーンを鞍に座らせた。彼女に手綱を持たせてからも、はみに取りつけた革の引き紐《ひも》は注意深く握っている。忍耐強くあぶみを調節したあと、コリーンに正しい乗馬姿勢と手綱の握り方を教えると、いくらもたたないうちに雌馬を明け方の光の中で歩かせた。そして、彼女のあとをついて歩きながら、ときどき指示やコメントをあたえた。

　コリーンはそのチカという名のかわいい雌馬に、二十分そこそこ乗ったが、馬屋に戻ってきて降りようとすると、どうにもこうにも降りられない。ケイドに鞍からかかえ降ろしてもらったが、脚で体重を支えられず、彼が鞍をはずすあいだ、彼女は重ねられた干し草の上に座っていた。

　ケイドはチカを馬房へ戻す代わりに外へ連れ出し、日陰になった囲いのひとつに入れた。

それまでにはコリーンも脚の力を取り戻していて、ケイドが迎えに来る前に彼のところへ歩いていった。

「まだ、脚ががくがくしているかい?」

「それほどひどくないわ」彼女は答え、にっこりした。使い慣れていない筋肉を伸ばし、使ったが、乗馬をした気分はよかった。チカは気立てがよく、自分が次の乗馬を楽しみにしているのに気づいてコリーンは驚いた。

ケイドはほほ笑み返した。「たいていの場合、初めての乗馬は脚に負担がかかるんだ。だが、脚はしだいに強くなる。きみが定期的に受けている理学療法より早いかもしれない。いい塗布剤を持っているから、使いたかったら言ってくれ」

「今は大丈夫」

「よかった。きみに車で見せてまわりたい場所があるんだ。子供たちが目を覚ましているかのぞいて、二人を安心させてから、トラックに乗っていこう」ケイドは再びにっこりした。「日焼けどめを塗って、きみに帽子を見つけたほうがいいな」

それから二人は歩いて家へ戻ったが、コリーンは元気いっぱいの自分に気づいて驚いた。午前中、牧場をドライブしてまわるあいだ、目を見張るようなことも特別めずらしいことも起きなかったが、彼女はケイドとのあいだに深い絆《きずな》が生まれつつあるのを感じていた。その日は、午後も同じように、平穏で満ち足りた時間が流れていった。

夕食までに、コリーンはエスメラルダの姪たちを家へ帰し、ケイドと一緒に子供たちと静かな晩を過ごしたあと、二人をお風呂に入れ、寝かしつけた。

再び部屋で二人きりになったとき、ケイドはドアを閉じるか閉じないかのうちに、コリーンに手を伸ばした。彼女が一日中待ちかねていたやさしさに満ちた情熱は、前夜よりさらに深い意味を持っているように思われた。

ずっとあとになって、コリーンは圧倒されたまま彼の腕の中に横たわっていた。ケイドはとてもやさしく情熱的だったにもかかわらず、愛の言葉はひとつもなかった。

彼にわたしを愛するつもりがないのはわかっているけれど、わたしのほうはいつまで彼に対する思いを口にせずにいられるだろうか。こんなにも早く彼に恋してしまうなんて信じられないけれど、事実それは起こり、思いは刻一刻と強まるばかりだ。愛していると告げたら、彼はどう受けとめるだろう?

恐れと不安がいやおうなくわき上がり、コリーンはその危険を冒すだけの勇気を自分が持てるか自信がなかった。

続く数週間は、コリーンの人生でもっとも平穏で快適な日々だった。ケイドや子供たちと毎日一緒だったし、夫と二人きりの時間はすべてがわくわくするすばらしいものだった。彼の腕に抱かれて過ごす夜はとりわけ魅惑的だ。彼の気持ちがどうであれ、ベッドの中でわたしは、愛されている、大切にされていると感じる。

すっかりケイドに心を許していたので、コリーンは自分が思いを伝えずにいられるのが驚きだった。だが、はっきり愛を告白したりすれば、すべてを台なしにしてしまうかもしれないと心配だった。

愛を告白する代わりに、コリーンは無理に自分を駆り立て、ボウとエイミーの世話の大半をこなすことに焦点を合わせた。エイミーを普通に抱き上げられるほどには回復していないので、彼女をベッドに上げたりベッドから下ろしたりするのは重労働だ。おむつの交換はもっと大変だったが、工夫をこらして、記録的な速さで安全に取りかえられるほどの腕前になった。

エイミーは家の中でおとなしく遊ぶのに満足していたが、エネルギーの塊みたいなボウはそういうわけにいかなかった。そのためコリーンは、二人が新鮮な空気を吸いながら遊べるよう、一度に数時間ずつ戸外で過ごした。外へ出るようになって、エイミーはたちまち歩きを覚え、自分の力だけでよちよちと歩きまわるようになった。

ケイドはたいてい夕食の直前に戻ってきた。夜のお風呂タイムには、ケイドはボウを、コリーンはエイミーを同じバスタブで一緒に入浴させた。子供たちの体をふき、寝巻きに着替えさせたあと、四人そろって居間のソファでベッドタイムのお話を読むのはお決まりの儀式になった。

コリーンはエイミーの一歳の誕生パーティーで、さらに多くのケイドの友人と知り合いになった。また、彼女とケイドは裁判所へ行き、正式にボウとエイミーを養子にしたので、祝い事はもうひとつ増えた。コリーンはトラック会社の申し出ている示談金を受け取ることにした。示談金は、稼げるはずだった給料や事故後の医療費をまかなったあとも、かなりの額が残った。ケイドのファイナンシャルアドバイザーが、そのお金をどう管理すべきか相談に乗ってくれた。

思っていたよりもずっと早く、明け方の乗馬はコリーンの筋肉を強くした。彼女は今では杖なしに歩いていて、縄とびやマラソンは無理だったが、以前よりずっと丈夫になったので、事故にあう前のなめらかな動きに近いものを取り戻した。

最初のころは、コリーンはがんばりすぎてすぐに疲れてしまったが、スタミナがつき始めると、昼寝もときどきになった。そうして数カ月たつうちに体重も増え、髪も伸びた。肌は彼女の内面と同じように健康的な輝きを見せている。コリーンは、自分が今や美しいといってもいいほどになっているのに気がついた。ケイド・チャルマーズが彼女の人生におよぼした影響は、決定的で絶大だ。

彼にもっとも告げたい言葉を口にせずにいるのは、これまでにも増してむずかしくなった。愛しているわ、という単純な心からの言葉。だが、彼が聞きたがっていないとすれば、口にしたとたん、すべてを台なしにしてしまうかもしれない言葉だ。それでも、その言葉は今ではコリーンの胸に頻繁にこみ上げてくるため、しばしば舌の先まで出かかった。何度か口にしかけたが、何かがいつも彼女を引きとめた。

もしこれが取り越し苦労だとしたら？　ケイドは洞察力のある人だから、とうにわたしの気持ちを察しているはず。わたしが思いやりや親愛の情を示すのを迷惑がったりしないし、彼自身、わたしに対して何ひとつ控えたことはない。言葉以外は。

ついにコリーンは、これ以上思い悩んでいるわけにはいかないと考えるようになった。愛していると告白しても、ケイドはきっと驚かないわ。あらゆる手をつくして、わたしをこんな気持ちにさせたのは彼なのだから。

コリーンがその話を持ち出したのは、早朝の乗馬をしているときだった。午前中家にいてもらうようエスメラルダの姪たちと取り決めてあったので、急いで子供たちのところへ戻る必要はなかった。彼女はケイドと一緒に、その朝彼が働く予定の場所にほど近いところへ馬を走らせた。ケイドは雇い人たちとの待ち合わせ場所へまっすぐ向かうつもりでいたが、コリーンは牧場を突っ切って流れる小川のひとつに寄り道してくれるよう頼んだのだ。お気に入りのその場所まで来ると、コリーンはチカを土手の上でとめ、日の出を楽しんだ。ケイドも彼女のわきに馬を寄せた。

コリーンは彼のほうをちらりと見やり、黒い瞳に好奇心が浮かんでいるのを見て、勇気がにぶるのを感じた。すっかりケイドに恋していたから、彼をひと目見るだけでも彼女には貴重だった。低くかすれた声が大好きだったし、何気なく触れられることさえ求めて生きていた。

決して越えるつもりのない一線を、ケイドはほんとうにわたしとのあいだに引いたのかしら。わたしのほうからもその線を越えてはいけないの？　恋に落ちるのをさける理由はともかく、結局のところ、彼はやさしくて立派な男性だ。子供たちの気持ちを大切にしているし、わたしに対してもそれはずっと同じだった。そういう態度が変わることはないのでは？

コリーンがかすかな笑みを見せると、ケイドの瞳の中の好奇心はいっそう強まった。

「何か企《たくら》んでいるような笑みだな」彼はいかめしい口調で言ったが、表情と声にふくまれたそのきびしさは、瞳に浮かんだユーモアのきらめきが消している。

コリーンは片手を差し出し、ケイドはその手を取って温かく握りしめた。彼女は震える息を吸い、慎重に口を切った。「あなたにはほんとうにたくさんのものをあたえてもらったわ」

不意にさまざまな思いがこみ上げて言葉が出なくなり、彼女はちくちくする目から涙を消そうと懸命になった。次に来る言葉を察したかのようにケイドの表情が重々しくなる。瞳のきらめきは徐々に薄れ、厳格なものに取って代わられた。

コリーンはのどをしめつけられるような奇妙な感覚を味わった。「あなたの人生に招き入れてもらえなかったら、あなたがボウとエイミーを喜んで分かち合ってくれなかったら、わたしはどうなっていたかわからない」ケイドのまじめな視線がそらされたとき、彼女は再びためらった。「感傷的なたぐいの愛についてあなたがなんと言ったかは覚えているわ。あなたは決してそういう思いをいだかないって。でもわたしは……」

ケイドが顔をそむけたので、コリーンは途中で言葉を切った。彼の横顔がこわばっていく。ケイドが心を閉ざしたのがわかり、彼女は傷つき、打ちのめされた。今や恐れおののいていたが、そこで話をやめはしなかった。なぜこの思いを告げなくてはならなかったのか、彼にわからせることができるかもしれない。なんとか彼を説きつけ、この恐ろしい雰囲気をやわらげられるかもしれない。もしかしたら……。

「あれだけいろいろと気づかってもらっておいて、あなたを愛さなかったとしたら、わたしは岩でできているに違いないわ。実のところ」さまざまな思いがプレッシャーとなり、震える声でコリーンは言った。「わたしがあなたを愛している以上に、ひとりの男性を愛せる女性はいないと思うわ」

コリーンの低い声はしだいに細くなり、明け方の空気の中に消えた。ケイドの完全な沈黙はあまりにも不吉だ。彼女の言葉が何ひとつ聞こえなかったかのように、彼の黒い瞳は鮮やかな色をした地平線の彼方《かなた》にそそがれている。ケイドの手は急に冷たくなり、彼が指の力をゆるめて彼女の手を放したとき、コリーンは魂に痛みを感じた。

ケイドの声は低く、ぶっきらぼうだった。「昼ごろまで戻らない。そのあと、オースティンに用事がある。一日かかるか、今週いっぱいかかるかわからない」

くらくらするようなショックに襲われ、コリーンはほとんど息ができなかった。「お願いよ、ケイド、こんな仕打ちはよして」

ケイドは彼女の弱々しい訴えにも気づかない様子だったが、手綱をもてあそぶ親指の動きが深い動揺を表していた。彼はコリーンが何も言わなかったかのように、静かに言葉を続けた。「子供たちのところに戻らなければいけないんじゃないか」

ケイドがさっさと鹿毛《かげ》の向きを変え、その場を走り去っていくのをコリーンは見つめた。大きな馬が速歩《はやあし》からギャロップへと速度を増したときも、ケイドは振り返らなかった。心臓が激しく打ち、コリーンはめまいと吐き気を覚えた。あまりに気分が悪くなったため、まっすぐ鞍にまたがっていられるか自信が持てず、鞍頭にしがみついた。

なんとかチカに馬屋へ連れ戻してもらったあと、彼女はエスメラルダの姪たちにその日いっぱいいてもらえるよう頼んだ。子供たちと数分間一緒に過ごしてから部屋へ引きこもり、めまいのするようなひどい吐き気と、新たに加わった鋭い頭痛がおさまるのを待った。あまりのショックと気分の悪さに泣くこともできなかったが、なんとしても眠りに逃げ込みたかった。

アスピリンと仮眠のおかげで、頭痛はある程度おさまった。そのころには、めまいもいくらかよくなっていたが、胸にのしかかるような気分の悪さは悲しみだとわかった。このまま家にいて、すぐにまたケイドと顔を合わせるのは耐えられない。彼女はボウとエイミーとしばらく遊び、二人がじれったがって体をもじもじさせるまで長いこと抱きしめたあと、午後はショッピングに出かけるとエスメラルダに告げた。

サンアントニオまでの長いドライブは注目すべきものだった。セミトレーラーに出会ったのに、コリーンはかすかな不安を感じたにすぎなかったからだ。ショッピングセンターに着いても何を買いたいのかさっぱりわからなかったが、コリーンのその日いちばんの仕事は、人生が再び変化したという事実に慣れることだった。しかも、今度は悪いほうに。

10

自分が過剰な反応をしたのをケイドはわかっていた。コリーンに不意を突かれたのだ。何も驚くようなことではなかったはずなのに。愛しているのでなければ、彼女があんなふうにぼくを見つめたり、反応したりするはずがない。

いずれにしても、コリーンからあの言葉を実際に聞かされてびくりとした。愛しているなどと言ってほしくなかった。同じ言葉を彼女に返すのが、ひどく危険に思われたからだ。黙ったままでいる後ろめたさに胃がよじれて引きつり、判断力をにぶらせた。コリーンのそばから走り去っても気持ちは少しも楽にならず、あれ以来ずっと、良心は容赦なくケイドをとがめていた。

午前中は意地になって働き続けたが、彼女にひどい仕打ちをしたという思いは消せなかった。どれほどきつい仕事をしても、何度父親の人生や弟の結婚における数々の腹立たしい場面を頭の中で繰り返そうと、無駄だった。コリーンの言葉を受けつけず、冷ややかに馬を走らせてあの場を去ったことで、ぼくは彼女を傷つけたのだ。あまりに完全に彼女の言葉をはねつけたため、彼女自身をはねつけてしまったかのようだ。

彼がもっとしっかり考えていたら、コリーンを鞍《くら》からぐいと抱き降ろし、彼女が気を失うまでキスをして、そのあとどこか人目につかないところへ運んでいっただろう。あの場で彼女を奪うことだってできたのだ。コリーンはずっとあとになるまで、愛の言葉が一度もささやかれなかったことに、気づかなかったに違いない。そして、思い出したときには、彼が決してその言葉を口にすることはないと受け入れただろう。忘れられないくらい大きな精神的打撃を受けることも、傷つくこともなかったはずだ。

だが、そんなのはうそだ。良心が新たな勢いで殴りかかってくる。彼が何も言わなければ、いずれにせよコリーンは傷つくことになったのだ。たとえ彼が今朝の状況をもっと違う形で扱っていたとしても。

鋭い不安に駆られ、ケイドは昼には家へ向かっていた。なぜこんなに長く意地を張ってたんだ？　なぜもっと早くコリーンのあとを追わなかった？　そもそも、どうして彼女をあの土手に置き去りにしてきてしまったんだ？　コリーンの打ちひしがれた表情と悲しみに沈んだ瞳を思い浮かべ、彼は気分が悪くなった。ドアを開けた瞬間、エスメラルダが早口のスペイン語で話しかけてきた。頭を切りかえるのに少し時間がかかる。話を理解するころには、彼の顔には玉のような汗が浮かんでいた。わきの下をぬらす汗も、激しい労働や外の暑さとは無関係だ。

コリーンは午前中をベッドで過ごし、そのあとサンアントニオへショッピングに行ったという。彼女がすぐ出かけるつもりだとも、ひとりで行くつもりだとも思っていなかったエスメラルダは、コリーンがすでに家をあとにしていることに、ほんの数分前に気づいたのだった。そこで、ケイドに連絡を取ろうとしたのだが、その朝彼は書斎に携帯電話をうっかり忘れてきてしまっていた。彼が家へ入っていったとき、エスメラルダは携帯電話に連絡を取るのをあきらめ、雇い人頭に電話をしていたところだった。

ケイドは携帯電話を取りにオフィスへ走り、サバーバンの鍵《かぎ》をつかむと、家を飛び出した。

コリーンは気がつくと、サンアントニオの荒れ果てた地区にある、昔住んでいた家の前に車をとめていた。家のペンキは、彼女とシャロンが引っ越したあとの六年以上の歳月のあいだに塗り直されたのがわかるが、母子《おやこ》が住んでいたときと同様に色あせ、ところどころはげている。あちこちに修理の必要な箇所が目立つものの、みすぼらしい小さな家は今も存在し、まだ充分住める状態だった。

彼女の人生でもっともみじめな時期の一部は、この家で過ごしたものだ。母が重病の最初の発作を起こしたのもこの家で、コリーンは十歳、シャロンは八歳だった。父は母と離婚し、コリーンが十二になるころには彼女たち母子を見捨てていた。母は離婚の際にこの家をあてがわれたが、父は給料の差し押さえをやっとまぬがれる程度にしか養育費を送ってこなかったから、やりくりは大変だった。

母が長期の仕事についていられなかったのは、病気とその再発のたびに受けなくてはならなかったさまざまな長期治療のせいだ。だからシャロンはコリーンに育てられたも同然で、ティーンエイジャーになった彼女が反抗した相手も、病気の母ではなく姉だった。母子のあいだにあるような葛藤《かっとう》は、大人になっても持ち越された。十代の子供がさえない親を恥じるように、シャロンはさえない姉を恥じ、それゆえコリーンをチャルマーズ牧場に招待することに消極的だった。シャロンが十八歳でクレイグ・チャルマーズとさっさと結婚したのは、それまでの貧しさと苦痛から逃れようとしてのことだろう。妹は貧しさからは逃れたかもしれないが、苦痛からは決して逃れられなかった。

昔の家をかすんだ目で見つめるうちに、別のいやな思い出がよみがえってきた。もっとも困難な時期のひとつは、コリーンが十六歳のときだ。長いこと病気に苦しんでいる母に代わり、彼女はそれまで何年も家計を見てきたが、銀行は家を抵当流れにすると言ってきた。

母はまたしても命をかけて病気と闘っている最中で、コリーンは母を絶望させないようにするのに必死だった。家を失ったら母がどうなることかと、恐れおののいていた。結局、コリーンは自分のたったひとつの真の成功である優等生の地位を犠牲にして学校をやめ、フルタイムで働きに出た。続く一年半のあいだ、母は彼女が毎日学校に通っているものと信じ、そう考えさせ続けるためにコリーンはとても気をつかった。やがて母の具合が悪くなりすぎ、何も気づかなくなる日がやってくるまで。

母はコリーンの十八歳の誕生日の一カ月前に亡くなった。それから半年たたないうちにコリーンは家を売り、シャロンが学校を終えられるように、もっと環境のいい地区にあるアパートメントへ引っ越した。シャロンがクレイグと結婚したあと、コリーンは高校を卒業したと見なす修了証書を取得して、今までよりいい仕事を見つけるために夜学で会計学のクラスを取ったのだ。

今日はどうしてもここを訪れる必要があった。わたしがあのとき生きていた地獄は、当時は果てしなく思われた。終わりのない恐怖。普通だとか安定だとかいう概念とは無縁で、人生は危機につぐ危機が支配するものでしかなかった。わたしはあまりにも若く、あまりにも未熟なうちに、そうした危機のすべてを切り抜ける力と勇気を試されたのだ。シャロンの死と事故の後遺症をのぞいては、ほかのどんなことも、ここで暮らした年月に匹敵するほどひどくも、みじめでも、絶望的でもない。

再び過去と向き合ったことで、今日のケイドとの恐ろしい瞬間の衝撃と苦悩がやわらいだ。わたしはこの家で過ごした年月を生きのびたのだから、これから先ケイドとのあいだにどんなことがあろうと乗り越えていける。どんな思いをさせられようとも、わたしがあの当時生きたものの片隅にしみを残す以上のことが、彼にできるはずはないのだから。

ケイドとのいさかいを客観的な目で見るために、効果的だったとはいえ、これほど極端な例を用いたことが、コリーンには急におかしく思えてきた。彼は怪物でもなんでもないのだ。打ち明けてもらえる日がくるかどうかはともかく、今日の彼の反応には、何かちゃんとした理由があるに違いない。問題を解決する方法は、そうでなくともある種の妥協に達する方法はきっとあるはずだ。ケイドはボウとエイミーに、両親がそろった、安定し愛情に満ちた家庭をあたえようと固く決意している。死を別にして、離婚以上に子供たちを打ちのめすものはないから、彼が簡単に別れを切り出すという心配はしなくていい。それは少なくともわたしにとってはチャンスだ。実際、過去のどのつらい時期と比較しても、ケイドとうまくやっていくことを考えている今のほうが、チャンスも多いし、成功の確率もずっと高い。

安らぎが全身に広がり、コリーンは今日受けた傷がその力を失うのを感じた。涙をふいてシートベルトをしめ、アイドリングさせていた車にギアを入れる。通りを確認したあと、彼女は車を発進させ、チャルマーズ牧場を目指して戻り始めた。

コリーンが玄関ホールに入ると、ボウとエイミーが駆け込んできた。彼女は二人を抱きしめようとしゃがみ込み、続いて現れたカーメンとアンジェリーナにほほ笑みかけた。すぐあとから、心配そうな表情を浮かべたエスメラルダがあわててやってきた。

「セニョール・ケイドはあなたを見つけようと、いたるところを捜しまわっていますよ」

コリーンは抱擁を解いて立ち上がった。「彼は携帯電話を持っている？」

「戻ってくるあなたの車を見たとき、わたしが連絡しました。とても動揺しています」

コリーンは後ろめたそうに、エスメラルダから視線をそらした。「ごめんなさい。心配をかけるつもりはなかったのよ。子供たちは夕食を食べた？」

「早めに食べさせました、セニョール・ケイドにそうするよう言われたので」

コリーンは、二人の少女をちらりと見やった。「今日一日、子供たちをみてくれてありがとう」

彼女たちより先にエスメラルダが口を開いた。「姪《めい》たちは、今晩ボウとエイミーを家であずかってくれないかとセニョール・ケイドに頼まれたんです。姉は喜んで泊めますから、心配いりません。二人ともほかの子供たちと楽しい時間を過ごせると思いますよ」

これまでケイドは、自分かコリーンの付き添いなしには子供たちをよそへやるのを認めなかった。今になって急にそれを許し、彼女に相談もせず手配したことは、コリーンの不安を増した。エスメラルダが家へ帰り、カーメンとアンジェリーナがボウとエイミーを連れて行ってしまうと、わたしとケイドは二人きりになる。でも、なんのために？　今朝の出来事のあとでは、これがなんらかのロマンチックな計画のためだと思うのは愚かなことだろう。

見つけたと思った勇気も無謀な希望も、まるで想像の産物でしかなかったかのようにたちまち消え去った。かすかに吐き気を感じ、コリーンはエスメラルダのほうを見た。「わたしもそう思うわ。でも、なぜケイドはこんなことをしたのかしら?」尋ねたとたん、彼女は後悔した。「今の質問には答えなくていいわ、エスメラルダ。きくべきじゃなかったわね」

同情するようなやさしい表情を向けられ、コリーンは急に不安になり、顔をそむけた。エスメラルダは、心配いりません、ご主人は奥様のことを怒っていませんよ、と急いで言ったりはしなかった。それどころか、姪たちが荷物を詰めたかばんを取りに駆けていくあいだにも、一刻も早くボウとエイミーを車に乗せたがっているように見える。

コリーンは開いた戸口に立ち、二人がカーメンとアンジェリーナと一緒にエスメラルダの車に乗り込むのを見つめた。彼女の子供たちは連れ去られようとしていた。それも大急ぎで。すでにコリーンはもう一度二人を抱きしめたくてたまらなかったが、エスメラルダは車のエンジンをスタートさせていた。とっさに、あとを追いかけて連れ戻したいという思いに駆られたが、ケイドの命令を無視するのは危ぶまれた。

結局、コリーンに考えを変えさせたのは、エスメラルダの車が走り去っていくのを見送ったときの驚くほどの苦痛だった。子供たちを取り戻さなくては。玄関のテーブルにほうった車の鍵を取りに戻ろうと向きを変えたそのとき、彼女はサバーバンの断続的なクラクションを耳にした。開いたままのドアから外を見ようと振り返る。

大きな黒い車は家への最後の坂をのぼりきったところだった。あのクラクションは、エスメラルダと子供たちへの挨拶《あいさつ》代わりに、ケイドがすばやく連続して鳴らしたものなのだろう。だが、どうして彼が坂のこちら側を走るエスメラルダの車を目にし、あんなことをする時間があったのか、コリーンにははっきりしなかった。車は牧場の私道をロケットのようなスピードでのぼってきたので、空を飛んでいないのが不思議なほどだったのだから。

パニックを覚え、彼女は戸口からあとずさった。体が震えている。ケイドは気が変になった人間のように運転をしていたけれど、今まで一緒にいて、彼にそんなところがあるとは想像すらしたことがない。ハンドルを握る彼は、いつもとても落ち着いていて注意深いからだ。つまりこれは、彼がものすごく腹を立てているという証拠に違いない。

だとしたら、なぜそんなに怒っているの？　今朝のわたしの言葉のせいではないはずだ。それに、ケイドはわたしに再び運転をさせようとして、車でショッピングに行くよう何度か勧めてくれた。わたしは今日それを実行しただけだ。その理由は、運転を勧められたことやショッピングとはなんの関係もないけれど。子供たちだって信頼できる相手にまかせたし、エスメラルダには戻る時間を約束して、そのとおりに帰ってきた。ケイドはオースティンへ行く予定だと話していたから、牧場にいるはずさえないのに。

何ひとつ話の筋が通らないために、すべてがいっそう悪くなったように思われる。コリーンは自分で自分を動揺させ、おびえさせているのに気づいた。膝ががくがくして、ほとんど歩けない。だが、彼女はなんとか居間からキッチンへと足を運び、そこからスライディングドアを抜けて、石を敷きつめたパティオへと進んだ。

コリーンはそこで立ちどまり、震えを抑えようとした。理由もなく不必要におびえている自分を頭の中で叱《しか》りながら、神経質そうに行きつ戻りつする。ケイドはわたしに対して声を荒らげたことさえないけれど、わたしは彼がほんとうに怒ったところは見たことがないのだ。ぶっきらぼうな口調には、とっくの昔に慣れている。わずかにせよ、脅しをかけるために彼がそういう話し方をしたことは一度もない。

だがそこでコリーンは、今朝の彼のきびしい表情と、不意に彼女の言葉に耳を貸さなくなり、顔をそむけた様子を思い出した。あまりに完璧《かんぺき》にしめ出されたため、その記憶はいまだにコリーンにとってショックだった。

ケイドが玄関を入りながら張り上げた声に、彼女は飛び上がった。スライディングドアは閉じられているし、家だって広い。パティオにいるのに、そんなに大きな声で自分の名前が呼ばれるのを聞いて、コリーンはいっそうぎょっとした。

「コリーン！」

心臓をどきどきさせ、彼女は震えながらスライディングドアのほうに向き直った。ケイドはドアの反対側に、不機嫌な巨人のようにぬっと現れた。コリーンが外に立っているのを目にした瞬間、体をこわばらせてぴたりと足をとめる。

彼は恐ろしくきびしい表情をしていたが、コリーンはその顔に走ったかすかな驚きをとらえた。彼女の顔にそそいだ不穏な視線が鋭くなり、震える体をじろじろ眺めまわす。彼と目が合ったとき、コリーンはたじろいだ。

怒りにこわばっていた大きな体がわずかに緊張をゆるめたように見え、コリーンはとめていた息を吐き出した。ケイドは勢いよく開けたスライディングドアからパティオに足を踏み出したが、彼女がかすかによろめいた瞬間立ちどまった。

「コリーン?」彼女がおびえやすい子馬ででもあるかのように、彼の大きな声は急に静かになってしゃがれ、鋭い視線はやわらいだ。「死にそうなほど心配したんだぞ、ベイビー」

ベイビー。コリーンの大好きな呼び名、ケイドが親愛の情をこめて口にする唯一の言葉。それは、彼女がほんとうにひとりで動揺し、勝手におびえていたというしるしだった。安《あん》堵《ど》の涙が出そうになって、目がちくちくする。

最悪のことを考えたのが急に恥ずかしくなり、彼女はぎこちなく両手を上げて指先で目の下を押さえた。今にも涙がこぼれそうで、そうする以外に涙を抑える助けになるものはなかった。コリーンは泣きだすまいと、必死に笑顔を作ってみせた。「とても……怒っているのね。でも、なぜなのかわからないわ」

ケイドのきびしい表情は不意にやさしくなり、瞳によぎった苦痛が、黒い眉を重苦しくひそめさせた。彼の声は落ち着いたかすれ声だった。「死ぬほど心配だったんだ。エスメラルダは、きみが午前中ずっとベッドに入っていたのに、そのあと急に家を出て、サンアントニオへ車を運転していったと言った」

コリーンは慎重に息を吸い込んだ。それは呼吸のためばかりでなく、涙が出そうで鼻がつんとするのを抑えるためでもあった。彼女はまだ両手を下ろせず、ケイドの視線はその悲しそうな様子を見て取ったようだった。「ちょっと……動揺したの。どうしても……考える必要があって。決して心配させるつもりじゃなかったの。子供たちの世話もちゃんと頼んだし。あなたが気にするとは思わなかったわ。ご、ごめんなさい」泣くまいとするあまり説明が台なしになったのが情けなくて、コリーンは言葉を切った。

「きみを怖がらせるつもりはなかったんだ、ベイビー」

大好きな、低くざらざらしたケイドの声。心を撫《な》でるようなその声を聞くと温かい気持ちになり、大事にされていると感じるところがたまらない。いよいよ涙がこぼれそうになり、コリーンはさらにきつく指を押し当てた。「よかった」ひと粒の涙が下側のまつげをすべり、震える指の上にぽたりと落ちた。

そのときケイドはコリーンのほうに足を進め、仕事で荒れた大きな手を彼女に差し伸べた。

コリーンは彼の体が磁石ででもあるかのように、不意に前へ身を投げ出した。彼の腕に飛び込んだも同然だった。きつくまわされた両腕に抱き上げられ、抑えきれない安堵に声をあげる。そして、同じくらいきつく彼を抱きしめ、こんなに簡単にすべてを取り戻せたことに言葉にならないほどほっとして、流れる涙で彼のシャツの肩をぬらした。

息をつき、話ができるようになったとき、コリーンの声はかすれて低かった。「何もかも台なしにしてしまったのではないかと思って怖かったわ」

ケイドは腕に力をこめ、コリーンの肩に唇をこすりつけた。「台なしになったものなんてないよ、ベイビー、何ひとつ。ぼくが請け合う」

彼の声にある感情が全身に強烈なうずきを走らせ、コリーンは行き場のない愛の苦悩から、さらにきつく目をつぶった。ケイドが彼女の腿を持ち上げ、脚を彼の腰に巻きつけさせるのを感じたとき、コリーンは彼にすがりついた。ケイドの両腕が元どおり体にまわされる。彼がパティオを横切って家の中へ入り、ベッドルームへ歩いていくのがわかった。ドアを通り抜けたとき、空気はかすかにひんやりしていたが、密着した体の熱気のせいで寒くはなかった。

ケイドは部屋のドアをけって閉めるより先に、彼女にキスしていた。コリーンは彼の顔を両手で包み、夢中でキスを返した。危機が去ったことが言葉に表せないほどありがたい。この感謝の気持ちとともに生きていこう。これで満足しよう。もうひとつの選択肢には耐えられないから。今日、彼から離れてみて、それがよくわかった。

体を引いたのはケイドのほうだった。そうした気配に苦しいほど敏感になってしまったコリーンは、ぬれたまつげに縁取られた目を開いて彼の顔を見た。ケイドが彼女の頬に触れる。「解決しなければいけないことがある」

重々しい言葉に恐怖を感じてコリーンは震えたが、そのときケイドが悲しげな笑みを見せた。黒い瞳の中に苦悩を見て取り、彼女は痛いほどの同情を覚えた。

ケイドはフレンチドアのそばにある肘かけ椅子のところへ歩いていった。彼が腕をゆるめたとき、コリーンは体をすべらせ、自分の足で立った。一歩あとずさったが、ケイドに手をとらえられ、引きとめられた。彼を見上げると、顔は石のようにこわばり、瞳は暗い色をしていた。彼はいつものぶっきらぼうな調子で話し始めた。「父はぼくの母親に首ったけだった。彼女も一度は父を愛したかもしれないが、その愛はすぐ燃えつきてしまった。彼女をつなぎとめておこうと懸命になればなるほど、父はおかしくなっていったよ。父は彼女をとどめておくためにすべてを使ったのに、彼女は父をもてあそび、さらに多くを求めた。牧場を破産寸前に追い込んでまで父は彼女の要求を満たそうとしたが、現金が切れると、二人の縁も切れた」

彼の言葉そのものより、陰鬱《いんうつ》とした顔に浮かぶ激しい怒りとまぎれもない苦痛がコリーンを動揺させた。ケイドは彼女から目をそらし、ついで視線を下に落とした。自分たちがまだ立ったままなのに今気づいたように、彼はコリーンをそっと一歩後ろに下がらせ、肘かけ椅子に座らせた。

ケイドは彼女の前にしゃがみ込んだ。まるで、感情を抑えるために何かささいな儀式を必要としているかのように、そっと彼女の足を持ち上げ、靴のマジックテープをきちょうめんにはがす。手がかすかに震えている。「父は牧場を立て直そうとして、体を壊した」

彼の父親は先祖伝来の土地の一部を売り払ったらしい。取り戻すのには何年もかかったというから、その苦労は並大抵のものではなかっただろう。とっくに離婚していた母親がよりを戻すとほのめかしてはたびたび戻ったことで、牧場の再建はややこしくなった。彼女との再婚にとても熱心だった父親は、そのたびに金をむしり取られるにまかせた。だが、実際に彼女がとどまることはなく、父親は何日も酒におぼれてひどくふさぎ込み、銃で自殺すると脅したりした。それを防ぐため、ケイドとクレイグは牧場にある銃をすべて隠し、どちらかが父親を見張っていられないときは、雇い人頭がその役目を受け持ったのだった。

ケイドはようやく片方の靴を脱がせてわきへ置き、もう片方の足に手を伸ばした。だが、マジックテープをはがそうとせず、ただ彼女の足を手にしたまま靴を見つめている。彼の顔に浮かぶ感情のニュアンスを何ひとつ見逃すまいと、コリーンは完全にじっとしていた。だが、彼の下向きの視線には無感覚さがうかがわれ、顔も岩のようにかたくこわばっている。彼が話し始めたとき、その声はほとんど機械的で、まるで過去の苦い思い出にふけっているかのようだった。「父は良識に耳を傾けようとしなかった。母をつなぎとめておけなかったという事実につぐ父の最大の後悔は、人生の終わりを唐突に迎えなければならなかったことだと思う。春の牛の駆り集めの最初の朝、突然の心臓発作に襲われたんだ。最後まで彼女のことを話していた。死ぬ前にひと目会えるよう探しに行ってくれと哀願されたよ」

ケイドはなんとか靴のマジックテープをはがしにかかり、コリーンには彼が思い出から抜け出そうともがいているのがわかった。今の驚くほどぶっきらぼうな口調は、極度の痛みを隠すためのものだったのだと、彼女が気づいたのはそのときだ。乱暴な話し方をすることで、苦痛を寄せつけまいとしたのだろうか。

「母には、父が彼女にあたえた金の一ドルの価値もなかった。クレイグは父と同じく女に夢中になるタイプで、酒におぼれるところまで父と同じ道をたどった。ある夜、酔って馬で高速道路へ乗り出して、十キロと行かず命を落とした。馬もろとも隣人の牧場の小川でおぼれたんだ。クレイグはそんな無茶なまねをするほどばかじゃない。だから、あれは……ほんとうは事故ではなかったのかもしれない」

コリーンは、ケイドの暗い結論にいささかショックを受けて座っていた。彼はマジックテープをはがし終え、靴を脱がせるとわきに置いた。広いてのひらに置いたコリーンの足の甲を、親指でうわの空で撫でている。長い時間がたって彼が顔を上げたとき、コリーンはその瞳の中の、苦悩にさいなまれた暗さを目にして心が痛んだ。

「子供たちの安全や健康や養育に対する当たり前の恐れ以外、もう怖いものは何もないと思っていた。でも今日、自分がずっと臆病《おくびょう》に生きてきたとわかったよ。理不尽なことをしていても、それに気づかないほど心のかたくなな臆病者だったと」

ケイドは臆病者などではない。コリーンは今の告白の意味を理解しようとして、黒い瞳を探るように見つめた。だが、彼の家族の話から、多くのことがわかった。結婚前の取り決めを主張したのも、彼がいうところの感傷的なたぐいの愛を軽蔑《けいべつ》したのも、今ならすっかり納得がいく。

「ぼくは良識ある結婚をしたかった」ケイドは少し前の陰気な物思いからわずかに気を取り直し、話を続けた。コリーンの足を下ろし、両こぶしを椅子の肘かけにつく。「ぼくはいい妻を選び、満足していた。いや、満足していたどころじゃない」

最後の部分はささやき声になり、言葉にいっそうのやさしさをあたえた。コリーンは痛いほどの愛を彼に感じた。心が晴れ始め、輝かしい希望のきらめきが生まれる。

「だが、良識ある結婚も、妻を愛していることに気づきながら、それに直面するのを恐れていてはなんの意味もなさない。愛を告げられても、同じ言葉を返したら、何も残らなくなるまで自分の心を少しずつ切り取る力を相手にあたえることになるとしか考えられないようでは」

コリーンはほとんど息ができなかった。ケイドは手を伸ばし、彼女の手をきつく握りしめた。

「でも、この女性を相手にそんな心配はいらない。これまでずっと、愛について間違ったことを信じてきたと、彼女なら気づかせてくれる。自分を正当化するあまり、その間違った愛に対する恐れと怒りを彼女にぶつけてきたということも」ケイドの手に力がこもる。「彼女はとても魅惑的な妻で、やさしく愛情にあふれている。人生を充実した豊かなものにしてくれる。彼女がほほ笑むと心が安らぐ。この世に、夢中になるに値する女性がいるとすれば、それは彼女だ」

胸を詰まらせていた大きな塊が、コリーンの目に涙をあふれさせた。彼女は無意識に手を伸ばし、ケイドの固い顎に触れた。彼はコリーンの手首をとらえ、首を傾けて彼女のてのひらに口づけした。切実な感謝の念にひたるように、きつく目を閉じている。

「すまなかった、ベイビー。ほんとうにごめん」うなるような声は、コリーンの肌を温かくかすめた。

ケイドは目を開けて彼女を見つめた。その感触を味わうかのように、顔に押し当てたままの彼女の手に頬ずりをしながら。

コリーンはなんとか口をきいた。「今は理解しているわ。ありがとう」

「愛しているよ、コリーン」その言葉が神聖なもののように、ケイドはひそめた声で口にした。「ぼくはたぶん、きみが初めて牧場に来たときに恋に落ちたんだ。きみとの結婚を決めた日、ぼくはそれが子供たちのためだと自分に言い聞かせた。だがほんとうは、自分の気が変わらないうちに、急いできみと結婚したかったんだと思う」

コリーンはもう一方の手を上げ、彼のいかつい顔を両方のてのひらでやさしく包んだ。ケイドは手を伸ばし、コリーンを一緒に引っ張って立ち上がると、彼女にキスした。固い唇の信じられないほどのやさしさにコリーンは胸が痛くなり、息が詰まった。慎重に探るような唇の圧力は魔法のようで、心がさまざまな感情にざわめく。コリーンはわずかに体を引き、彼を見上げた。「とても愛しているわ、ケイド。決して後悔なんてさせない。約束するわ」

ケイドは彼女に軽くキスし、コリーンは唇に彼の言葉を感じた。「ぼくも約束するよ、ベイビー。決して後悔はさせない。神かけて誓う。愛しているよ、コリーン」しわがれた声でなされた愛の宣言に、彼女の喜びはうれしそうな笑い声となってはじけた。

ケイドはわずかに体を引いた。彼女の笑いにこたえるような笑みを浮かべた顔はハンサムで、くつろいだものだった。彼がウエストに両腕をきつくまわしてコリーンを抱き上げる。そのまま二人はくるくるとまわり、しまいには笑いながらベッドに倒れ込んだ。やさしくからかうようにして互いに触れ、目のくらむような喜びと同じくらい高まった欲望のままに、服を脱がせ合う。彼らはお互い以外のすべてを忘れた。

ほの暗く静かな部屋で、温かく体をからませ合っていた二人は、すぐにまた愛し合った。そのあとで、ようやく彼らは安らかな眠りに落ちていった。

そして、二人はそれぞれの夢の中で、この先自分たちの人生に加わっていくであろう子供たちの愛らしい顔を見た気がした。大きな家の西棟が子供でいっぱいになり、チャルマーズ家の遺産が愛と喜びに満ちたものになるまで、ボウやエイミーともども、家族を増やしていってくれるであろう子供たちの顔を。

●本書は、2002年5月に小社より刊行された作品を文庫化したものです。

幸せのそばに
2024年7月15日発行　第1刷

著　　者／スーザン・フォックス
訳　　者／大島ともこ（おおしま　ともこ）
発 行 人／鈴木幸辰
発 行 所／株式会社ハーパーコリンズ・ジャパン
東京都千代田区大手町1-5-1
電話／04-2951-2000（注文）
0570-008091（読者サービス係）
印刷・製本／中央精版印刷株式会社
表紙写真／© Lanak | Dreamstime.com

ISBN978-4-596-63927-1

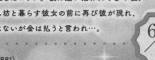

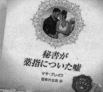